超级经纪人

辛笔由纪◎著

成名有代价，入圈需谨慎。

新世界出版社
NEW WORLD PRESS

图书在版编目（CIP）数据

超级经纪人 / 辛笔由纪著. -- 北京 ：新世界出版社，2013.8

ISBN 978-7-5104-4500-2

Ⅰ. ①超… Ⅱ. ①辛… Ⅲ. ①长篇小说－中国－当代 Ⅳ. ①I247.5

中国版本图书馆CIP数据核字(2013)第180246号

超级经纪人

作　　者：辛笔由纪

责任编辑：秦彦杰　苏丽娅

装帧设计：红门文化有限公司　刘一粟

出版发行：新世界出版社

社　　址：北京市西城区百万庄大街24号（100037）

总编室电话：+ 86（10）6899 5424 68326679（传真）

发行部电话：+ 86（10）6899 5968 68998705（传真）

本社中文网址：http://www.nwp.cn

本社英文网址：http://www.newworld-press.com

版权部电子信箱：frank@nwp.com.cn

版权部电话：+ 86（10）6899 6306

印　　刷：中印联印务有限公司

经　　销：新华书店

开　　本：210×145　　1/32

字　　数：80千字　　印张：7

印　　数：6000册

版　　次：2013年8月第1版　　2013年8月第1次印刷

书　　号：ISBN 978-7-5104-4500-2

定　　价：28.00元

当你认为《超级经纪人》只跟“爆笑”、“疯狂”、“八卦”有关，其实里面还有“青春”、“人情”、“梦想”、“热血”……

——霍汶希　《超级经纪人》制片人，知名经纪人

经纪人其实就是艺人的教练、心理医生、保镖、家长、战友、扬声器、理财顾问，甚至是替罪羊！

明星和经纪人是为了一个共同相信的梦想，策划一条并肩同行的路。

这条路绝不平坦，但他们却能把风景变得漂亮。

其实我们每个人都渴望有一个经纪人。

希望这个故事，为大家找到人生的经纪人。

——冯志强　香港知名导演、编剧

绝对含沙射影，欢迎对号入座。

——陈庆嘉　香港知名导演

超级经纪人

THE MIDAS TOUCH

目 录

1

雨点急速地打在地上的手印上，这里是香港尖沙咀海旁的星光大道。

香港星光大道位于香港九龙尖沙咀东部的海滨公园，在新世界中心对面的维多利亚港沿岸，2003 年由新世界发展有限公司斥资 4000 万港元赞助兴建，在 2004 年 4 月 27 日正式开幕。

这条大道是为了表彰香港电影业界杰出人士的特色景点，仿效美国好莱坞的星光大道，把杰出电影工作者的名字与掌印均镶嵌在经过特殊制作的纪念牌匾上，依据年代排列在星光大道上，目前星光大道可以容纳 100 块纪念牌匾。

星光大道几乎是每个来到香港的游客必到的旅游景点，也曾被列为最令游客失望的景点的第二名。这地方一年到头都挤满了人，只有午夜过后，或像这种大雨滂沱的情况才人迹罕至。

地上一个纪念牌上，写着"孙美美"的名字，她不是明星，是明星的经纪人。一个男人的手出现在上面，贴在美美的手印上，他的手嵌入她的手印里。

男人单膝跪在地上，背部被疯狂的雨水打得全湿，他没有理会，只是闭起双眼，想着在他身上发生过的一段往事。

这个男人的名字叫麦超。

在他的脑子里，涌出了一个又一个的画面，他仿佛又听到那几个女孩的笑声，他与她们击掌，不，还有那个孙美美，大家围成一圈，单手举过头，半空中互击。

"Good show!"她们的声音他记得好清楚。

麦超想起那些日子，怀念地笑了，笑自己当时那么傻。

星光大道的雨没有停下，反而越下越大，没有任何游人，只有麦超孤零零的身影，他缓缓地站起来，落寞地抬头望着天，他大概觉得此时只有这个灰灰的天空才会明白他的心情。

一星期前。

在距离香港二千零九十公里的首尔，孙美美独自坐在偌大的剧院中间，刚刚为快要在这里举行的大型活动做完准备，其他人都离开了，她心里想着一个人，一个改变了她对经纪人的看法的男人，一个大傻瓜。

她按动手机，发出了一条短信，内容是这样的："五年前我答应你的已经做到，只等你来看!"

她重重地按着手机，相同的短信她已发过很多次却都没有回复。她很无奈，想了又想，她在通讯录中找到一个名字，叫"牛河"，按下了通话键。

电话很快有人接听，牛河不是第一次接到孙美美的电话，他尊敬地说："孙姐，我们已经找了超哥很久，真的找不到。"

"我知道，但除了打给你，我还有什么办法？万一你找到他，叫他到机场国泰航空的柜台，我预备了一张头等舱的机票给他，叫他务必在那天赶来首尔。"

"明白，我会尽力找他的。"牛河是尊敬到站直身子讲这句话的。

挂断电话后，他冲出自己的办公室，大声向这家催账公司的手下叫道："孙姐又找超哥了！到底有没有他的任何消息？"

有三个手下回应他。

一个叫色拉的说："有人说在旺角的麻将馆看见他在洗厕所。"

牛河没办法相信他跟过的老大竟然沦落到洗厕所。

另一个叫薯条的说："有人说他躲到泰国做人肉沙包，供人练拳用！"

牛河不信，超哥身手不凡，不可能任人打不还手的。

更可怕的说法来自叫多士的手下，"有人说他死了，还见过他的尸体呢！"

牛河一惊，忙问："谁说的呀？"

多士竟然这样答："说这个话的人后来自己都死了。"

"那就是死无对证啦。"牛河没有放心，所谓不怕一万，只怕万一，他真的害怕超哥是想不开自杀了，不是没这个可能的。

"你们快给我找，谁找到我给他十万元做奖金。"钱有时很有用，有时又起不了作用，牛河讲完只听到手下们的叹息，他明白十万元是无法让一个失踪五年的人忽然再出现的。

麦超他到底去了哪里？

一星期后。

在首尔招牌林立的明洞，一个十字街头，穿着礼服的麦超站在那里。

他隆重的打扮在充满青春气息的明洞，相当抢眼和独特。他没有注意到别人对他的特别关注。

他望着明洞以木纹作外墙的商店 Nature Republic，同外面有著名五人女子组合“Give Me Five”的人形广告牌。他认识这五个女孩，并与她们经历过一段难忘的日子。

她们真的成名了，在韩国大红大紫！麦超带着欣慰的笑容迈开脚步，想着今晚就要与她们五个，不，还有另外两个，更重要的是与孙美美重逢，场面会是怎样的呢？他走到一个街口时，一个女子迎面走来，他没留意，一不小心与那女子撞了个满怀。

“对不起。”麦超低声说，说完才记起这是韩国，对方根本听不懂。

奇怪的是女子没有任何反应，急步走开，麦超走了两步，忽感不妥，摸摸口袋，发现钱包不翼而飞，立即回头叫住那女子。

“偷东西？喂！别走！”

年轻而身材丰满的女扒手见状，当然是加快脚步逃跑。

“把钱包还我！”麦超跑起来的速度是很快的，因为他的专业曾经是追债，欠债的人跑得快，他要跑得更快。

麦超赶上她，顺势将她扑倒在地上，惹来不少路人的围观，很快形成了一个数十人的圈子。

女扒手用韩语大声叫喊：“放手！放开我！”

麦超怎么听得懂？他只是死命地锁住她。女扒手不停地挣扎，紧身上衣被麦超扯烂，性感的胸罩呈现在众人面前。

周围的人禁不住发出惊叹的声音。

女扒手始终是女人，下意识转换了叫喊的内容：“非礼呀！救命呀！非礼呀！”

这一幕刚好被对街正在巡逻的军装女警看见了，她深吸了一口气后吹响了哨子。

麦超稍一分神，女扒手已挣脱逃走。

麦超爬起来，正想追上去，却被女警从后面扑倒，情况与刚才一模一样。

这次轮到麦超大叫：“放手！放开我！”他叫的是中文，女警如何明白。

麦超全力挣扎，裤子却一下被扯住他下半身的女警扯烂，露出了平角内裤，他因羞愧而被制服在地上。

麦超大怒：“What the fuck！你抓我干嘛？她偷了我的钱包！”

女警霍地将他双手反锁铐上手铐，不理他在说什么。

完成行动的女警用韩语对麦超说：“我看到你粗暴地扯烂她的衣服！现在以涉嫌非礼罪拘捕你！”

麦超委屈地高呼：“完全不知道你说什么！”

在明洞的派出所，有一个角落是收押犯人的地方，透过围着的铁栏可见仍旧穿着内裤的麦超一脸彪悍地坐在里面，好像他并不接受自己被拘留的事实。

女警把一张写下“麦超”名字及证件号码的纸条，交给同事，然后用韩语说：“你联络入境处查清楚他的身份。”

同事听了便去跟进。

麦超冷冷地望着栏外，见到一名漂亮得像韩剧女星的女警走进来，眼睛多了一点乐趣。

漂亮女警拿着文件走到铁栏外，麦超脸上虽然保持冷静，眼睛却趁机欣赏她制服下的身材。她做女警太浪费了，如果在五年前，他一定会签她做明星的。

“说！你来韩国干什么？”漂亮女警竟然用普通话问他。

麦超惊讶地说：“你会说中文？”

漂亮女警理直气壮地回答他：“韩国也有华侨的。快讲，来韩国有什么目的？”

麦超随口就给她一个目的，“不怕跟你说，我是来整容的。”

想不到她竟认真地记下来，还对他说：“我看你的确有这个必要。”

麦超被她气得瞪大眼睛，他一直认为自己的外貌是英俊的。

麦超瞄了墙上的钟一眼，已是傍晚六点，他与女孩们的约好的时间快到了。

漂亮女警问他：“我问你，你在香港做什么职业，个人有什么背景？”

麦超对她随后的问话充耳不闻。他在脑中对自己说：“我怎么可能跟这个傻妹子说，我是因为一个五年前的承诺而来首尔？何况我根本没脸来，我难道跟她讲五年前在我身上发生过的那件疯狂的事？”

这刻他的脑袋像一只在时光大海中漂泊的小船，遥遥荡荡地飘回到五年前。

五年前一个炎热的晚上，在深圳商业区的一幢大厦。

电梯门缓缓打开，麦超就像日本黑帮片中的北野武一样，面无表情，沉着冷静，手插裤袋地站着，双眼冷冷地瞅着前方，有一种震慑四方的气势。他的身后站着他的手下牛河、多士、薯条、色拉四个人。

他带头走向商业大厦走廊的尽头，来到了一间模特儿公司的门外，看见墙壁上写满了“欠债还钱”等红字，还有几个十分明显的血红色手印。

他冷冷地望着手印，侧着头问身后的牛河：“这个如此威猛的手印是谁的?”

牛河很自豪地回答他：“全部都是我的，就是要吓死他们!”

麦超发火，“你白痴呀你？留下那么大的手印？怕没人知道是你做的？你看，每个指纹都一清二楚!”

牛河低下头，“下次我会用其他人的手。”

麦超拉起他的手，“按门铃呀!”用他的手在门铃上狂拍。

正如大多数被追债的公司，里面没有人回应。

牛河缩回手，“超哥，没人应门呀!”

“噢，你不说我还真不知道。”这讽刺的话，牛河完全没领会。

麦超把耳朵贴在门上，听到里面有点声音。

他悄悄地用手指门内，“有沉重的呼吸。”

牛河及其他手下交换了眼神。

麦超故意大声地说：“既然没人，我们不如走吧！”

牛河同时高声喊道：“那我们真的走了！”

麦超让开一些，牛河上前，把全身力量集中在一只脚上，向前一踢，猛地把大门踢开。

公司内，刚好躲在门后的欠债人 Richard 被大门打中，被夹在门后，但不敢做声。

麦超领着手下大摇大摆地走进去，牛河对着空荡荡的公司大声叫喝：“出来，别再躲了！”

麦超望了望周围，醒目地指一指门后。

牛河看到了，“超哥！他好狡猾，竟然躲在门后面！”

被大门撞得陷入半昏迷状态的 Richard，被牛河一下子拽了出来。

五分钟后，Richard 跪在麦超面前，牛河等四人围住他。

麦超悠然自得地点燃他的烟斗，享受着。

牛河上前作状要打，Richard 马上抱头，全身发抖地求饶道：“不要打呀。”

“还没打。”麦超安慰他。

Richard 把额头贴在地上。

麦超用亲切的语气向他解释："我们不是黑社会，我们天脚底催账有限公司是受银行所托，合法催账。我们是做正当生意的。扣除抵押，你欠银行的三百九十七万，请你缴交。"

"天脚底催账有限公司"是麦超成立的一间追债公司，主要替不同客户用非正常方法收回欠款，一般有两种形式，一种是以收回款项的总数计佣金，比例视乎情况，越坏的账佣金比例越高，有时麦超收到的，比债主客户还多；另一种是买断形式，催账公司以极低的价钱买下了整笔债，最后收到多少与之前的债主无关，这种形式有赚有赔，全凭追债公司的经验。

Richard 这家模特儿公司的债务就是麦超以买断形式获得的。

牛河丢下一份文件在 Richard 面前。

Richard 知道这是先礼后兵的做法，"大哥，我有钱就都不用躲啦，我好惨的。"

麦超笑了，"好惨？人家真金白银借钱给你，你拿了人家的钱去花，没得还，还好惨？"

Richard 忽然有所感触，突然像小孩般嚎啕大哭，还在地上滚来滚去。

“呜……我知道，但我也是想实现自己的梦想，才借钱搏一搏，有梦想不对吗？人家……人家……也不知道会全赔了的。”

麦超失笑，“梦想？不还钱的借口我听得多，最荒谬就是这个！”他向众手下要求，“给些荒谬的反应吧。”

牛河等四人立即哈哈大笑。

Richard 尴尬地说：“各位大哥，你们觉得我好笑没关系，但是我真的没有钱。”

麦超收起笑容，“我跟你说，人再走投无路，都还会有一点剩余价值，我们这一行就是来回收这些剩余价值的。你再想想，一定还有一点点的。”

Richard 想了一下，突然好像心里做了一个决定，站起来走向房里的另一扇门。

麦超等人静静地望着，都在想难道里面有一堆值钱的东西？

Richard 用力拉开两边的拉门，麦超与手下们的眼睛都瞪大了。

房里有八个妙龄少女，各有姿态和个性地坐着，一起望过来。

麦超和牛河目瞪口呆，同时看得一阵心动，这时耳畔响起 Richard 的声音。

“她们是我签了约的模特儿，合约只是包吃包住，平时不用发薪水，只要她们有工作，你就有钱赚，你自己啥都不用做就可以抽她们的佣金。你说，这份职业是不是很理想呢？”

八个女孩无可无不可地望着麦超，好像不知道她们的命运将掌握在这个男人手中。

太可爱了！麦超心生一个歪念，回过神来，Richard已经逃走了。

牛河想追出去，麦超把他拉着。

“不用追了！”

“不追？那这帮女孩呢？”

八个女孩望着麦超，开始感觉到他的重要性，因为Richard明显已经不会再回来。

麦超阴阴地笑，低声向旁边的牛河说：“过年过节，送礼自留，再好不过了呀！”讲完自己都笑了出来。

麦超这时十分快乐，他想到带这八个女孩去应酬自己的客户必定无比风光。虽然她们都不怎么漂亮，但与平常的舞女和KTV里面的小姐相比，档次真的高很多。

他甚至可以夸大说她们是明星，试问哪个男人不想玩明星？

对，就说她们个个都是明星，不认得她们不要紧，又试问有多少个男人真的能认得出所有女明星呢？又不是每晚看电视剧，天天追娱乐新闻。

麦超越想越开心，他觉得自己已跻身娱乐圈。拥有这八个女孩，他正式成为了经纪人。

带八个女孩回香港的公司着实花了麦超一些时间，也动用了他一点关系。经常在内地和香港两地行走的他，这点人脉关系他是有的，关系之外自然还要花些钱。想到她们日后的用处，麦超觉得这小小的投资是值得的。

女孩们暂时会住在他的催账公司，这是一间大概有三百平方米的地方，位处工厂区。

对着刚安顿下来的女孩们，麦超希望有进一步了解，“你们自我介绍一下，表演一下自己的看家本领来看看。”

首先站出来的是一个叫杜颂的女孩。她不怎么漂亮，傻傻的。

“我叫杜颂，我最厉害的是乒乓球！可以二十四小时都不掉下来。”果然，她边打球还可以边跳舞。但这算什么才艺？麦超心里想。

麦超把脸转向另一个身材比较丰满的女孩。

“我叫陈咏，最厉害的是拉二胡！”她拿起二胡就拉，大家一齐掩耳。“不好意思，不好意思。”

麦超只希望她立即停下来，心想幸好她的胸部吸引人。

另一个女孩又站出来，这个娇滴滴，惹人怜爱。

“我叫马丽莲，最会扮狗叫，连狗也分不出真假。”她真的叫了。“开心的狗!”然后变了呜呜声，“伤心的狗!”的确很像。

麦超坐在大厅的中央，被女孩们包围着，杜颂仍在控制着那颗乒乓球，耳边的狗叫声依然响着，他望着第四个女孩，不知她又有什么花样。

长相标致的第四个女孩对他说：“我叫淼淼，我最捧的是演戏。”看起来她十分有信心。

“演来看看。”麦超很想看。

“没好的剧本我是不会演的，而且对手要是谢霆锋。”

“为什么要是谢霆锋?”麦超奇怪。

“作为一个新人，要求不应该太高，我觉得他还可以。”

麦超捧着头，“妈呀，我头好痛。”还没头痛完，另一个女孩又走到他面前。

“我叫阿梦，我表演自弹自唱，你听听我的高音啦。”

她拿吉他伴奏，拉高嗓门，越拉越高，麦超的耳膜快要穿破了。

“停！下一个。”

第六个上来的像个热带女郎，古铜色皮肤。

“我叫阿花，从小到大有好多男孩子喜欢我，最厉害的是跳肚皮舞！”

阿花扭动着蛇腰，刚才表演乒乓球的杜颂在她背后走来走去，仍控制着那颗没跌下来的乒乓球。

第七个女孩，有一双美腿。麦超一时被她修长雪白的腿迷住了，心想这样美的腿，可以玩上好几天。

“我叫楠楠，我本身很有钱的，但我想当明星，最厉害的是体操。”

她就在他面前做了几个后空翻，有点像国家体操运动员。麦超看得瞪大眼。

没人比接下来的一位女孩更离谱。

“我叫沛坚！我最会装打嗝，很厉害的。”沛坚示范着不同的打嗝方式。

牛河突然忍不住大笑起来。

“他妈的，这算是什么才艺，居然拿来表演。”他的话还没说完已被愤怒的沛坚拎了起来，用过肩摔把他重重摔在地上。

麦超被她的身手吓呆了，“连牛河也被你打倒，你不如替我去催账。”

沛坚大叫："我要做明星！"

这班女孩真的可以做明星吗？世上有什么明星是她们这种类型？

明明只有八个女孩，但这时催账公司居然出现了第九个。她的出现才带给麦超最大的震撼。

"我叫大凤，是麦超这混蛋的女朋友！"

麦超意识到大祸临头。"哇，你干嘛忽然跑上来呀？"他的语气慌张中带点温柔。

牛河也知道事态的严重性，示意在场的所有人不要做声。

"你是害怕我碍着你泡妞吧？八个女孩，每个男人除开还各有两个。"大凤说。

这个大凤来头不简单。她除了是麦超的现任女朋友之外，还是香港某区的大姐大。她父亲是鼎鼎有名的社团老大，他去世后社团就由大凤接手，麦超的催账公司就是她在背后支持的。她对麦超是一见钟情，连麦超自己也不敢相信，以为她是撞了邪，后来有人告诉麦超，这就叫做"爱情"。

爱上麦超之后，大凤整个人变得女性化了，爱穿暴露的衣服，作为社团的大姐大，经常在兄弟面前"走光"，这令麦超十分尴尬。

爱情改变了大凤，也改变了麦超。他从此由小混混变成催账公司老板，但也被大凤全天候监视，不准他对其他女人有感觉。在大凤眼中，麦超是全世界是英俊的男人，无人能及。

麦超没告诉她自己收了一间模特儿公司，他不敢告诉她，因为她是个脾气很差的女人。

牛河此时发挥了一个忠心手下的功能，替麦超解释："大凤姐，不是这样的，超哥刚收了一笔账，一不小心，收了几个女孩回来。"

麦超更正，"不是一不小心收了几个女孩，是一不小心收了一间模特儿公司。这间模特儿公司本身就在，不是我搞出来的。"这说法很合理吧。

牛河再补充道："是！是一不小心收了，收了就想搞一下！"

大凤质问："搞公司还是搞女人呀？"她居然还当众用手扭麦超的耳朵。

"当然是搞——公司啦！女人我有你嘛。"他只能这样答。

众女孩望着他，他觉得很尴尬，很丢脸。

大凤仍不放过他，连珠炮发，"公司和女人都不许搞！你马上给我赶她们走！你们马上走呀！走呀！"声音响遍整间公司。

麦超已到了忍无可忍的地步，大力把她甩开，“闭嘴！”

全场静默，一场风暴快要来临。

麦超深深吸了一口气才变身成了大男人，“男人做事，什么时候轮到你们女人出声呀！”他举起手指向大凤，“我，说了搞就要搞，我喜欢怎么搞都可以！”在她面前，他从未如此威风过。

牛河永远在不适当时说不适当的话，“阿嫂，超哥语气虽有点重，你千万别跟他说分手！”

麦超气得要命，“谁说要分手？”

大凤知道他紧张，“我们分手。”

牛河觉得自己是先知，“看，提出来了。”

麦超气得几乎说不出话，“你个白痴！”

大凤气愤地向门口走，走了两步，忽然间又回头掏出袋中的东西。

“今天是我们拍拖两周年，我特意想给你惊喜，买了两只童子鸡跟你庆祝，你居然跟我分手！”说完便将两只鸡掷向麦超，愤然离开。

麦超避开两只迎面而来的“飞鸡”，“分手不是我说的！大家都听着呢，你不要诬蔑我！”

那些女孩看着这场现场版的电视剧，不知怎么反应。

大凤在门口不忘回头大叫："我心伤透了，你别回头又打电话来求我呀！"

牛河代麦超追上去，"阿嫂你给超哥一次机会吧，他应该没那么快搞那些女孩的。"

大凤以一记强烈的关门声作回应。

麦超拉牛河过来，在他胸口捶了一下，"你口才那么好，你怎么不去死！"回头却向女孩们扮潇洒，"其实，我最厉害的是伤害女人，你们小心点。"

众女孩望着他，忍住笑，点点头。

他强装自信地回以微笑。

这天晚上，麦超公司的一个角落里亮着微弱的手机灯光。

麦超压低声线在与大凤视频通话，怕被其他人知道。

"你跟我都那么久了，你都明白了，那么多小朋友在场，你又扭耳朵，又说分手，我不死撑，以后怎么服众？你知道我最厉害的是口是心非的啦。"

大凤坐在家中的床上，看样子依然怒气未消。

"那我说分手你又答应？"女人可以有权说分手，男人却一次都不能答应，答应了在爱情规则里就是死罪。

麦超忙替自己辩护，“分手是牛河那死白痴说的。我怎么会说这么丧心病狂的话呢？我是人，不是禽兽。”

大凤觉得颇为顺耳，“唔，那你还爱不爱我？”

“这还用说吗？简直爱爆了，像千万个核弹一齐爆那么爆。”对女人说情话只有一个准则，那就是要多浮夸有多浮夸。

果然，闻此言后，大凤开始像太阳下的冰淇淋，融化了。

她提出肉麻的要求，“那你大声说‘我爱 BB 猪’呀。”

麦超还没说，头发就已全部竖起来了，“现在？那么晚？”

大凤语气加重了，“这跟晚不晚有什么关系？你到底爱不爱？爱就大声说出来，要海对面都听得到。”海对面都听得到，岂不是要声音能越过一个海港传到对岸。

麦超深呼吸后，以不扰人清梦的最大声音叫出来：“我爱 BB 猪！”

刚叫完，竟瞥见穿着家居服准备睡觉的楠楠和杜颂两个女孩，动作一致地，每人拿着一个枕头在远处怪怪地望向他。

麦超见状，急忙走到另一边躲起来。

大凤还有其他要求，“我要亲亲呀！”

“现在?”麦超认为不是时候。

大凤坚持,“对!亲过来!”

麦超一咬牙,心想此事早解决为妙,便亲吻手机屏幕中的大凤。

他边吻边看周围,刚好看到淼淼、陈咏和阿花三个女孩在不远处出现,一起刷着牙,口中还冒着泡。

三个女孩同时望过来,对麦超狂吻手机的行为表示诧异。

麦超见状,忙逃去另一边。心想这么大的一间公司竟无处藏身。

大凤被吻得十分兴奋,“好 hot 呀,来法式湿吻,你主动些啊!”

麦超无法拒绝,唯有对着手机伸出舌头,向屏幕中的大凤进行法式湿吻,大凤的舌头也迎了上来。他十分尴尬,又要扮投入,最后索性闭起双眼,舌头在手机上狂舔。

麦超张开眼时,吓了一跳,沛坚、阿梦和马丽莲三个女孩站在他面前。

他极度尴尬,急忙转身,原来淼淼、陈咏、阿花、楠楠和杜颂都在他身后。

他发脾气了,“看什么?有什么好看!没看过男女浪漫的场面呀？现在她还要我放好手机呀，放进口袋呀！”

他向手机中的大凤说：“好好享受！”便把手机放入口袋，大摇大摆地走开了。

大凤在那边看到手机画面一片漆黑。

“喂，你叫我享受什么呀？”

却已听不到麦超的回答。

在香港清水湾的一间片厂，里面搭建了抗日时代的一个场景。

这里正在拍摄一部大型动作片，投资近一亿人民币。

一亿人民币的电影，在中国市场一般要收三亿以上的票房才能有钱赚，投资方为何这样有信心？不是因为找了个卖钱的导演，是因为签了一个最红的动作巨星——剑龙。

剑龙在这几年迅速走红，很多人都不明白，有人说是因为他拜了泰国一位高人为师，也有人说是因为他信了某位法王，得到了庇护。

事实上是因为他有一位金牌经纪人孙美美，自从她接手做了他的经纪人之后，他便一帆风顺，每部戏的票房都比上一部高，而且在国外也开始受重视。

华人武打巨星没有多少有国外市场的，数来数去都是成龙、李连杰、甄子丹这几个，最近才有剑龙上位。

中国式动作电影由李小龙打开了国际市场，数十年来被称为肢体动作片，即靠卖弄个人肢体动作的难度来吸引观众。华语电影打进国际市场，动作电影功劳最大，大部份外国观众根本不会看中国演员演戏，也不爱看剧情，在电影中的中国演员谁是谁他们也未必分得清楚，只知道哪个身手最好。

剑龙曾在中国武术队受过训练，得过全国武术冠军，但能打的不一定会红。他进过戏剧学院，学来的演技也没给他太大帮助，直至遇上孙美美。

拍摄现场，剑龙的保姆车停在一边，剑龙正在里面休息，让他的化妆师 May 帮他吸油和补妆。May 看起来十分老实，带着一副粗框的大眼镜，穿着紧身的运动服。

剑龙无聊地玩着车内那张新安装的电动按摩座椅，不停用按钮调节椅子的角度，上上下下地故意捉弄着 May。

他把座椅调到其视线刚好对着 May 紧身运动外套下丰满的胸脯。May 会意，含羞尴尬地瞄了剑龙一眼，直起腰，退后了一小步。她知道剑龙指定要她做私人化妆师的原因与她包裹在衣服下的身体有关。

剑龙看 May 那窘态，得意地偷笑。他经常幻想着她衣服下的身体，他真的想亲眼看一看，但孙美美不会给他机会。

动作导演这时走近剑龙的保姆车，他过来的目的是想跟剑龙讲解下一场的动作场面。

孙美美忽然不知从哪儿一个箭步走出来，挡在他前面。

剑龙发现她的出现，马上把座椅调好，正经地坐着，不让她看到他与 May 之间的暧昧。

孙美美防御性地问动作导演："你想做什么？"

"孙姐，我想跟剑龙哥说一下待会儿那个动作场面。"他低声下气地说。

他不是第一次跟剑龙合作，早在他还没红的时候就已拍过他，但以前他不会叫他"剑龙哥"，叫"剑龙"已是给他面子，有时连名字也不叫，只会跟手下说："叫那个叫什么龙的过来准备"。有次剑龙礼貌地自我介绍，他回了一句："行行好，人家叫成龙，你就叫剑龙，你以为叫阿龙一定会红吗？"他希望剑龙没有记住这句话。

"可以啦，有什么跟剑龙说的，先跟我说吧。"孙美美是不会随便让人接触剑龙的。

"跟你说？说怎么打呀？"他怀疑。

"你说完，我会说给他听，说啦。"

这边叫动作导演开始讲解，她自己却开始打电话。动作导演觉得她的态度太嚣张，但看在剑龙今日已是巨星的份儿上，也只能忍。

“要不要等你讲完电话再说？”

“不用啦，说吧。”

他唯有咽下这口气，开始讲解，边讲边做动作，叱叱喝喝讲得眉飞色舞。一般武行出身的动作导演都是这样的。

“待会儿后面几个打手追上来，剑龙就咤！咤！嘿、哗哗哗、喝！然后跳下去，这样——嚓，然后一群人追上来，他就吓！咤！咤！呱!!! 这样，但是对手嘿！吓！呵！剑龙蹲下，然后滚地！怎知后面突然爆炸，剑龙就一身火，咤——飞身跳出去，就是这样。”

他讲得汗流浃背，口水四溅的同时，孙姐还在讲电话。

“麻烦你 Calvin Lee 呀，孙姐呀——剑龙今次又要追逐，又要跳楼，还有爆炸——有没有搞错呀，赔那么少？今时今日剑龙万一有什么事，这一点钱都不知够买药水还是创可贴，加保？你每次都只会这样讲，要赔偿的时候又不见你第一时间扑出来——算了，再说吧，bye。”

动作导演刚讲解完，孙姐也施施然挂掉电话。

“你有没有听我说的？”他实在有点生气。

孙姐就给他展示一下她的厉害，她悠悠地说道：“我哪一句没听？你说待会儿后面几个打手追上来，剑龙就咤！咤！嘿、哗哗哗、喝！然后跳下去，这样——嚓，然后一群人追上来，他就吓！咤！咤！呱!!! 这样，但是对手嘿！吓！呵！剑龙蹲下，然后滚地！怎知后面突然爆炸，剑龙就一身火，咤——飞身跳出去。就是这样，是不是?”

她竟把动作导演刚才的讲解一字不差，动作一个不漏，完全一样地重复了一次，当场叫他叹为观止，目瞪口呆。

看着他迟迟不能说话，孙姐又给他一个难题，“不过，这些剑龙哥是不会做的。”

“为什么?”

“剑龙哥当然是身手不凡啦，不过那么危险的动作，保险公司都不建议他做，有什么事你想负责都负不起。”

“好，那用替身吧。”他想，今天有哪个动作巨星不用替身的，只是剑龙红了不久，自己以为他会亲自上阵。

孙姐冷眼瞄瞄拍摄现场一角，有几个和剑龙打扮得一模一样的替身正在准备。

“对不起，剑龙是从来不用替身的。”她再次给他更难的难题。

“那你想怎样？”自己又不做，又不用替身，那怎么办？

“我不知道，你做动作导演的，那么有经验，你自己想想吧。”她抛下了问题，偷偷奸笑着走开。最红的经纪人，就是会给看不顺眼的人麻烦，而且是对方意想不到的麻烦。

剑龙仍在车上玩按摩座椅，上上下下地。他很放心，孙姐会替他处理一切。

动作导演终于想通了，什么叫不用替身，其实是不要有人日后站出来说是剑龙的替身。动作巨星不是全部动作都自己上阵的，这点行内谁都知道，最红的可能有六、七个武师替他，一个替背面，一个替侧面，一个替手，一个替脚，还有替吊威亚、翻滚落地的。

最后他亲自上阵，这大概是孙姐要他做的，因为他曾经让还没红时的剑龙受过气。他知道电影圈是很现实的，谁叫剑龙红。

爆炸声响起，动作导演整个人变成了一个火球在半空飞身而出，重重跌在垫褥上滚来滚去，工作人员马上上前救火。

孙美美在另一边马上叫剑龙准备。

“剑龙，到你啦。”

剑龙马上躺在另一边的垫褥上滚来滚去，还装着受了伤，好让拍幕后花絮的摄影师拍下，假装刚才的危险动作是自己亲自上阵的。这镜头会出现在电影片尾的NG镜头中。

孙姐做戏做到足，冲上去大喊："剑龙，你没事吧，啊，你受伤了，快叫医生来！噢，天！"她还在镜头前面哭，她的演技其实比剑龙还要好。

真正受了轻伤的动作导演，只能躲在一旁，冷冷地感受着这圈子的现实。

剑龙与孙美美住在同一个大厦。

在这半山的豪宅，她租下了两个毗邻的房子，剑龙住的一间面积较大，有三千多平方尺，约三百平方米，装修豪华，而她的房子面积较小，是剑龙那边的一半，但就在剑龙的隔壁。

她告诉剑龙这样的安排有很大好处，一来照应方便，他需要什么，她随时可以过来，经纪人都是二十四小时候命的，与艺人住得越近越好。

另一个好处是不怕"狗仔队"偷拍，她可以明正言顺地与他一齐进入这幢大厦，什么时候过去剑龙家中都没问题。

这天收工已是晚上八点多，两人从电梯里出来，剑龙正要回自己家，孙姐叫住他。

“待会儿记得吃维他命丸，喝健身奶粉，十一点就要睡了，明早七点保姆车会来接我们去机场。”

剑龙奇怪，“我们去哪儿？”

“威尼斯影展呀！你忘记了？”他的日程她比他更清楚。

“哦，对！我的护照在——”他平时连钱包也是孙姐替他拿着的。

“从来都在我这儿。”他的护照及一切私人物品，她都带在身边。他不能没有她。

剑龙点点头，用电脑匙卡打开了大门，走入自己的家里。

孙姐总是看着他进了屋，大门好好关上才放心。

这已是她的习惯。

她回到自己家，开了灯，脱掉高跟鞋，放下手袋，褪下外套，卸下全副武装，变成了另一个女人。她换上了魅惑而色迷迷的眼神。

放上音乐，为自己倒了一杯红酒，她静静地坐在沙发上，像等待着什么表演。

她望着前面的墙，原来那是一块巨型的单向玻璃，对面正是剑龙卧室，里面的一切她全部看得见。

这时剑龙正在房内脱去上衣，展示一身结实的肌肉。

他对着房中那块有整面墙那么大的镜子，像健美先生般展示自己的每一块肌肉，他其实是很自恋的。每个艺人都有着某程度的自恋，越红情况就越严重。

他怎知这面大镜子是单向玻璃，让孙姐可以全天候偷窥着他。

孙姐端着红酒走近，轻抚玻璃那边的剑龙，像在欣赏一件自己创造出来的艺术品。

她抚摸着他身上的肌肉，闭起双眼，幻想着真正地接触他。她的身体开始发滚，一阵快感流遍全身。

在她最陶醉的时刻，剑龙家的门铃响起，他好像能预知谁在门外一样，兴奋地跑去开门。

孙姐看一看表，已是晚上九点，奇怪这时间谁来找剑龙。

她没奇怪多久，化妆师阿 May 已登场。

“阿 May?”她不相信自己的眼睛。

May 与剑龙手拖手进入房间后，她甩开他的手，拉下运动服的拉链，里面竟然只有一件性感的黑色蕾丝胸罩，把她的乳房推得高高的，像要呈献给面前的人。

剑龙看得眼睛都凸了出来。

“早就猜到你这对宝贝的形状了。”他伸手要去摸，却被May推开。

“别急嘛。我整晚都是你的。”她娇嗲到令孙姐作呕。

“你这死化妆妹!”孙姐为自己没早看穿她的心思而气愤，但这不重要，因为目前要解决的是如何破坏他们的好事。

她不停地想，一定有办法的。她先用最简单的方法，就是进行骚扰。她拿起手机急电剑龙。

剑龙手机响起，一看电话屏幕上显示着“孙姐”，他眉头一皱，按了“拒绝接听”后便放下手机。

孙姐气极，“不听我电话?”

May见剑龙看完手机后有点苦恼，对她的“侵犯”停止了，May已猜到一二。

“又是那个八婆?”

剑龙无奈地点头。不知为何，一看到孙姐的电话他的兴致便下降了一半。

“她比我妈还烦!”

May知道他需要时间重拾兴奋，“我先去洗个澡，出来时让你完全看清楚我。”

他精神一振，马上说:“那快一点”，果然有点作用。

May 走进浴室，随即响起水声。

剑龙开始幻想 May 的身体，他的情绪再度亢奋，不由自主地做起热身运动。

孙姐快要陷入疯狂了。难道要亲眼看着剑龙跟 May 发生关系？她不能接受。

她想过立即冲过去赶走她，但那岂不是让剑龙知道她可以看到他家中的一切？被他知道的话，什么都完了。

她在家中左右踱步，苦思对策，终于让她想出了一个办法。

她拿起平时出入都带着的大袋子，整个倒过来抖着，倒出了几部手机和好多电话卡。

她自己都不知道包里有多少部手机和电话卡，做经纪人一定要有不同的手机和手机号码用作不同的用途，有些电话号码甚至只能用一次。

她挑了一个一次性的电话卡，快速地安装到手机里。

她的手指在手机上飞快地输入了一条短信——“黎小姐，我们是谢贤慧妇科医务所，你已经三个礼拜没复诊，请注意：梅毒是有高度传染性的！可能的话，请通知你所有的性伴侣求医。”

这短信是传给化妆师阿 May 的。

她很清楚剑龙的性格，他一定会偷看。

果然，May 的手机响起短信音效，剑龙便随手拿起来看。仔细一看，他面色大变。

浴室的门打开，只围住大毛巾的 May 赤脚走出来，正打算在剑龙面前打开毛巾，让他饱览一番。

“走！你快走吧！”他把 May 从卧室直接推出大门，转身把她的衣服、手袋和手机也一并丢在门外。

“发生什么事?”她问他，他也不答，反手便关上门。

May 走后，他还拿出消毒喷雾，疯狂地喷洒房中每个角落。

孙姐开心极了，觉得自己很聪明。

这时她的手机响起，她看也不看是谁便接听。她知道是剑龙。

“马上叫剧组把阿 May 炒了！她三番四次勾引我！幸好我定力好，也三番四次严正地拒绝了她！”这就是男人现实的一面。

“是吗？你真的好有定力呀！我还真没看出来呢。”

孙姐明白，要防止同样的事情，她必须分分秒秒对这男人进行监控，她一走眼，便会失去他。

她不能失去他，因为剑龙是属于她一个人的。

她早已完全属于他，或许他还不知道。

麦超没有忘记他接手这家模特儿公司的原因——“过年过节，送礼自留”。

用这些女孩“自留”，他暂时不敢，因为受制于大凤，“送礼”这回事，就不用担心，可以立即进行。

麦超有不少老板，他们都是经常关照他，找他催账的。催账这行并不容易，如果没有固定的客户，例如银行、财务公司等，是很难找生意的。麦超经常要招呼他们，大吃大喝少不了，吃喝之后，自然要去有陪酒小姐的KTV，或者是按摩桑拿，一年还要一两次的出国旅行，通常是东南亚声色之旅。

这些老板有几个问过麦超是否认识娱乐圈里的，他们听说女明星个个都有个价钱，男人有了钱之后，人一世物一世，怎样也想玩玩那些高高在上的明星们，价钱太高的话，二三线的电视台女明星，或者常常在报纸杂志娱乐版出现的嫩模，他们也有兴趣。

“麦超，你人脉广，应该认识娱乐圈的人，我们不用真的跟女明星上床，吃饭、喝酒、搂搂抱抱都可以，总比玩来玩去都是这些KTV妹要好。”他们不只一次这样说。

麦超其实觉得有些陪酒小姐素质不比二、三线女星差，但男人的心理就是这样，爱玩名气。只要有点名气，不管美丑，男人就愿意付出高数十倍的价钱。在夜场只要付出数千元，就可以找个比明星更漂亮而且有模特儿身材的女孩陪足一晚。

麦超觉得现在有了这八个女模特儿，就可以满足他的老板这种爱名气的心态。自从他们知道他有了这班女孩之后，就不停地催他安排见面。麦超懂得吊他们胃口，当然不会立刻应承。

他不是要这班女孩卖身，他明白不能让他们太早得手，最好慢慢让他们上钓，而且他也要找点幕前工作给这些女孩做，让她们见见报，在电视亮一下相，才会令老板们更爱她们，给他更多的好处。

这晚，麦超首次带女孩们到尖沙咀最大的一间 KTV，包了一间大房，介绍给四个老板认识。

他兴奋地替他们互相介绍："这几位就是关照我最多的老板。四位大哥，这几个就是我的新模特儿公司的模特儿，未来之星呀！"

八个女孩分别坐在四个老板的左右，真的像陪酒女郎般。

淼淼奇怪地问牛河："你说有工作的？"

牛河解释："哄得他们开开心心，他们不就有账给我们收喽！"

淼淼觉得这不关自己的事。

沛坚坐在一个叫 Gibson 的男人身旁，她很不自在，Gibson 也不见得很自在。

牛河为了搞好气氛，对大家说："我们的模特儿呢，每一个都'多才多艺'，爱怎么玩，就怎么玩。"

乍闻此言，四个老板你看我，我看你，好像明白了什么。

外形比麦超更像黑社会的财务老板阿 Ben 率先出动，"我要看看是不是这么能玩。"

Ben 双手分别搭着楠楠及淼淼的肩膀，还搓着揉着，再由肩部伸向胸前，十个指头充满淫劲。

坐在一旁的麦超搭着牛河肩膀望着两个女孩，她们既想抗拒又不敢。

在银行贷款部做高管的 Tony 有礼貌地向身边的陈咏及杜颂伸手，"我们握个手，做个好朋友。"两个女孩子没有疑惑，便与他握手。

他一把拉住她们的玉手。

Tony 很享受，"软绵绵的，放不了手喔。"他把她们的手拉到他身上。

麦超照样抓着牛河的手，感受到女孩们的委屈。

开外围赌场的 Peter 很关心阿花和马丽莲，"哇，你们冷得大腿都起鸡皮疙瘩了，不行，我要用我的手，给你们暖和一下。”

他双手分别按着并用力搓着阿花及马丽莲短裙外的大腿。

麦超捏着牛河的大腿，牛河也受不了，低声说：“超哥，不要这样，很难受的。”

“真的很难受？”麦超自言自语。

一直没敢动手的 Gibson 见状，不甘人后，先望向阿梦，却见阿梦立即在水果盘里抓起叉子顶住脖子，叫道：“别过来，我会先杀死自己。”

Gibson 转向沛坚，说：“我叫 Gibson，我是做 IT 发达的。”

他的手伸到沛坚胸前半寸时，已被连打两记耳光。

Gibson 没被击倒，他再接再厉，再伸出手。沛坚也不示弱，以拳脚教训他。两人就此在这一角，开始你来我往，互相扑来扑去，拳来脚往。

那边，阿花与马丽莲开始叫痛，因为 Peter 的手不只不规矩，还很用力。

马丽莲大叫：“哎呀，我都被你捏肿啦！”

麦超走过去，挡到马丽莲前面，对 Peter 说：“Peter哥，忍忍吧，摸摸就好，不要捏嘛。”

Gibson 与沛坚还在不停地打着，好像打出了真感情。

另一边，Tony 一直窥探着陈咏的“事业线”。

陈咏问他：“你看什么?”

Tony 答：“我想我掉了点东西进去。”

“你掉了什么?”

“理智咯，让我看看能不能找回来?”他要伸手进“事业线”中寻找。

麦超又挡到陈咏前面，向 Tony 夹自己的胸，“咦，你的理智好像掉在我这里。”

那边，Ben 企图强吻楠楠，她全力反抗着。

Ben 居然向她开价，“亲一下，一千块！肯湿吻的，五千！平时五千都上床了。”

楠楠觉得受到很大侮辱，“你滚开，我很有钱的！”

麦超过去解围，“Ben 哥！我等钱用，我五百全套也肯。”

麦超的大脸挡到楠楠前面，Ben 不小心吻到他，睁开眼便发怒了。

“麦超你是不是耍我?”

麦超低头，“不是呀，Ben 哥！我只是觉得我比她们能玩。”

楠楠趁机走开，Ben 改向淼淼动手，淼淼怕得躲在麦超身后。

麦超拿起酒杯，“来，Ben 哥，我们干杯！”

Ben 一手推开，“操，干你妈呀！”杯中的酒飞溅开。

淼淼与麦超脸上同时湿了。

全场静下来，沛坚却已将 Gibson 制服在地上。

牛河一惊，忙打圆场，“不是故意的！不是故意的！”拿纸巾替麦超擦干脸。

麦超推开牛河，怒目盯着 Ben。

Ben 不怕他，“看什么，女孩是你带来的，玩也是你说要玩的。”

麦超忍住气，“我只是想，大家聊聊天嘛。”

“有什么好聊的，你以为她们真的是明星呀？这种货色，我们肯玩就是给你面子，你不过是想我们给你这些女孩一个好价钱而已。”

众女孩面色一变，齐望向麦超。

麦超大声说：“我不是拉皮条，我是她们的经纪人！”

在地上的 Gibson 忽然开声：“Same meaning！你就是想带她们来找生意，瞎子都看得出来了。”

说完，他又被沛坚痛殴，再次被锁死在地上。

麦超不得不承认，“对，我的确有这样想过，可是我看到她们被你们又捏又摸的，我只是想到，他们都是有娘生的。”

Ben 反驳：“你这样说就是说我们没问过她们的娘亲才搞她们啦？哈?”

麦超不想再纠缠。“我们走。”

Ben 不放过他，“麦超，你做什么经纪人，你不过是我们手下的一条狗，跟着我们吃饭的。”

麦超不理他，示意女孩们离开，其中沛坚最后才将 Gibson 松开。

涨红着脸的 Gibson，喘着粗气望向沛坚，居然有点喜欢她。

牛河忙向几个老板赔罪，“各位老板，超哥喝大了，对不起，对不起!”

牛河担心开罪老板，还想说，却被沛坚豪迈地一手推走。

沛坚就像一个殿后的打手，确定没问题才离开。

KTV 外，正下着滂沱大雨。

麦超带领着众女孩浩浩荡荡地走出来，牛河担心万分，追上前去。

“超哥，里面全都是老板，现在你全得罪了，怎么办?”

麦超不理他，但心知已闯了祸。

他回头望着被大雨淋得全身湿透却还跟在后面的女孩们。她们同时停下脚步，站在雨中，看着想开口说话的他。

这刻，她们眼中的委屈，激起了麦超心中的愤慨。

他想开口，还是先停了一下。

最后，他决定把往后的命运都押下去。

“我跟你们说，现在我前面只有一条路走了。”

她们不明白。

“我要捧红你们！”

她们不敢相信听到的。

“我要捧红你们！我一定要你们红！”

笑容渐渐在这帮女孩的面上浮现。

麦超迈开脚步，带着女孩们在大雨中前行。

雨越下越大，牛河远远地跟着他们，他隐隐地有些担心。

2

“我一定要你们红!”明洞的派出所内，麦超想起了自己当年那句铿锵豪语，忍不住笑了。

他隔着收押犯人的栅栏，看着墙上的时钟。

五、四、三、二、一，时针指向十一点。

女警们也热热闹闹地吃起了夜宵，整间警局弥漫着人参鸡汤和韩国辣酱的味道。

开幕式的酒会大概也结束了吧，麦超心想。

麦超想起了五年前，带着那帮女孩横冲直撞，闯出名堂的那段日子。

麦超很清楚在这个时代，最快的出名方法，就是谁出名，就去捣谁的乱，把自己的名字和最出名的人拉在一起，就不怕没人知道。

这就说明了爱自曝绯闻的小明星的心态——搭上一个知名度比自己高的红星名人，就巴不得向全世界宣布。

“那个和某某拍拖的谁谁谁”，总比自己那别人怎么也叫不出来的名字强一百倍。

而五年前，娱乐圈最当红的，就是武打明星——剑龙。

麦超又追忆到五年前的时光。

香港赤柱露天广场，一个高尔夫球会的宣传活动正在进行，场面盛大。

代言人剑龙拿着高尔夫球用品帅气地挥杆，卖萌遮太阳，胃痛式叉腰，摆出各种 pose，给记者拍照。

“剑龙，请看看这边。”

“剑龙，看看这边镜头。”

记者们招呼剑龙看镜头的喊声，随着镁光灯一起此起彼伏。

孙姐坐在台下观众席第一排的位置，仰望着台上的剑龙，同时也警觉地观察着周边的一切。

每次在台下以仰望的角度看着剑龙，看着自己一手一脚拉拔上这个位置的剑龙，孙姐总怀有一种既骄傲又怦然的心情。

专业的主持尽量以兴奋高昂的声线，说出那些例行公事的台词。

“很感谢动作巨星剑龙先生成为我们One Stroke Golf Club（一击最好打）高尔夫球会的代言人，我们有请高尔夫球会的主席，Mr. Walker赠送价值五百万的VIP会籍和纪念品给剑龙。”

台上，外籍高层赠送纪念品，握手拍照，镁光灯闪个不停。

台下，本来在吃吃喝喝的来宾们，也暂且放下正要送进嘴里的小点心和香槟，礼貌地报以一片掌声。

会场入口那边，忽然传来一阵骚动，宾客脸上纷纷露出好奇讶异的表情，让出了一条通道给一班不请自来的不速之客。

麦超抬头挺胸地走在前头，后面跟着的是身穿廉价的珠片贴身短裙，脚踏完全罔顾人体力学的高跟鞋，浓妆艳抹的八个女孩。

女孩们完全入戏，真把自己当成是受邀请的嘉宾，边走边搔首弄姿，向每个人挥手送吻。

有些打扮真的专属某种特定的地方场合。

“哇！怎么了？是哪间夜总会的舞小姐出巡吗？”一个男宾客脱口而出，说中重点。

宾客们都交头接耳，议论纷纷。

一个女孩打扮成这样已够惹人侧目，何况是八个？

孙姐看见这班俗不可耐的女孩，马上眉头一皱，向身旁的公关投诉。

“她们是什么人呀？场子都被她们搞砸了，我们剑龙不会和这种档次的人同场，那很影响他形象的。”

“是的，是的。”女公关生怕开罪孙姐，只唯唯诺诺地附和着。

“那你还站着干嘛？还不去‘请’他们走？”

公关马上走上前阻拦麦超和女孩们。

“先生，不好意思，请出示一下你的邀请函。”

“好呀，你等等。”麦超淡定地摸摸身上各个口袋，“怎么没有呢，刚刚还在这儿的……”

麦超随便掏了一张卡片，塞给公关。

“先生，你这一张不是邀请函。”

“哦，对，我们是来找剑龙的。”麦超想绕过公关，公关机警地把他挡住。

“剑龙正在进行仪式，可是找他也是要邀请函的。”

“我知道，我们是来挺他的！”

麦超向女孩们发施号令般喊：“你们快去挺剑龙！”

八个女孩从四方八面向场内乱串乱跑，向台上奔去，其他的公关和保安跟在后面追，抓都抓不住。

“喂，喂，你们不可以——”公关拉住麦超，死不放手。

“哇，小姐，你走光啦！多失礼呀！”麦超盯着公关的胸口大喊。

明明穿着整齐，扣子几乎都扣到脖子上的公关一时心虚，条件反射般马上松开了拉住麦超的手，双手掩胸。

这招捉弄女人，分散注意力万试万灵。同样情况，跟男人说他的鞋带松了，他们也会马上低头看一下自己的鞋子，即使穿着的是一双一脚蹬的休闲鞋。

麦超趁机窜进会场，混入人群中。

八个女孩如一群速龙向台上冲，台下的孙姐、台上的剑龙、主持和高尔夫球会的主席，一时都不知所措。

众人没来得及反应，女孩们已走到台上，把高尔夫球会主席也挤下了台，主持只好打圆场。

“谢谢 Mr. Walker 先生。”

剑龙站在台上也不知该走该留，阿花和阿梦两人马上一左一右，挟持了剑龙。

阿花一手将剑龙手上的纪念品扔掉，挽住剑龙的手臂，整个人靠过去，指示剑龙一起看着镜头拍照。剑龙为顾形象风度，一时也不好反抗，只好硬着头皮陪笑着，以眼神向孙姐求救。

孙姐在台下抓狂干着急，只得催促公关们女孩赶走。

“谁请他们来的?”

“他们说是来找剑龙的……”公关越说越小声。

台上的宣传活动，一时间变成了各个女孩的才艺表演。

阿梦拿起了她的夏威夷 Ukulele 小吉他，一展她的歌喉，可是毫无意外地又一次破音。

马丽莲抢过了主持的麦克风。

“我叫马丽莲，专长是装狗叫。这是开心的狗，吠——吠——吠，这是伤心的狗，呜——呜——吠——”

杜颂掏出了乒乓球拍，乒乒乓乓地打起了乒乓球来，沛坚也在旁边开始表演打嗝。

楠楠冷不防地走到台前，把短裙卷起来，露出了打底裤，做起了侧身翻。

淼淼乱挥高尔夫球杆，差点打中了剑龙，幸好剑龙身手敏捷地蹲下，只看见自己的一比一人形纸板代为受罪，头都被削去了，忍不住抹了一把冷汗，暗叫好险。

孙姐在台下看着，吓得心脏都要蹦出来了。

陈咏拉着刺耳的二胡，看记者们皱着眉，掩住耳，很快就知道自己才华的吸引力不如自己的身体，装作掉了手上的拉弓，弯腰俯身去捡，露出胸前的事业线。

“哎呀，我掉了拉弓喔。”

地上那把二胡拉弓仿佛千斤重，陈咏附身去捡了好久也捡不起来，但不忘抓紧机会推销自己。

“大家好，我叫陈咏呀。”

本来正经八百的宣传活动，多了一班女孩一闹场，一下变成了娱乐性和话题性十足的闹剧，唯恐天下不乱的娱乐记者当然乐得这闹剧继续闹下去，懒得理旁边公关们“不要拍摄，请勿报导”的请求。

记者们起哄，反应热烈，麦超马上抢着到记者们面前派名片。

“看，正点吧！没错啦，我就是他们的经纪人，姓麦名超就是我。来，有事就找我，拍戏找我，不拍戏也找我。新相识，老朋友，有事找我，没事也可以找我呀。”

保安追着女孩，想把她们拉下台，你追我赶，简直就像躲猫猫一样疲于奔命。女孩们乱跑乱跳乱叫，推来撞去，场面陷入失控状态。

“喂，你们几个都给我下来！”保安喊着。

“喂！不要跑！叫你们别跑呀！”

“站住！别跑，喂……”

淼淼躲避要抓她的保安，一下把差不多高两米的布景板推倒，布景板缓缓塌下来，台上每个人鸡飞狗走。

“我们不认识他们的，给我赶他们走！”孙姐这么一怒吼，公关腿都发抖了。

混乱的场面在更多的保安前来增援后终于受控。几个保安和公关护送剑龙离开，麦超和八个女孩们也狼狈地被保安赶走。混乱间，女孩们有些连高跟鞋都掉了，光着脚丫。

宾客的白眼与指指点点，让女孩们很尴尬难堪。

“好痛呀，你们轻一点！”杜颂被拉得手都痛了。

“推什么推，我会走。”淼淼不服气。

“别在这里闹事了，快走！”两个身材魁梧的保安押走麦超。

“剑龙打人！剑龙打人呀！”麦超还在乱嚷，“轻点儿，你也只是个打工的，死保安！”

“你是她们的经纪人，对吧?”孙姐早在台下一角等着麦超他们。

麦超看见是孙姐，马上滑头地堆起笑脸。

“对呀，我叫麦超。”麦超递上名片，“叫我小超行啦。”

孙姐仍然交叉双手，板着脸，完全没有接过麦超的名片的意思。

“我是剑龙的经纪人。”

“我知道。孙姐，‘超级经纪人’，谁不认识你呀？”

“那你知道什么叫规矩吗？”

“哦，那我可不知道。”麦超说，“我只知道出来混就各施各法。那不如这样，明天看娱乐新闻头条吧。”

“你以为这样很了不起呀？”孙姐连珠炮发地教训麦超，“你以为上了娱乐新闻头条，你就很了不起了吗？记者只会写你们送上门、写你们卖肉、写你们低俗。有多贱，就把你们写多贱！要不你当众把裤子也脱了，更多人拍呀！不过大家都只会当你神经病！”

“把你们东西都拿走。”保安把女孩们留在台上的高跟鞋一把扔在她们脚边，差点砸到阿花的脚。

“哇，有没有搞错呀？”阿花抱怨着。

“不要以为你在帮她们，你只是在害她们。”

麦超虽然明知孙姐身为专业经纪人，她的一番话不无道理，没法反驳，但心里不服气，更不能在女孩面前认输。

“不好意思，打扰了。”麦超转身带女孩们离开，

"来，我们走！来，穿鞋穿鞋。"

女孩们在散落一地的高跟鞋中，蹲下找自己的高跟鞋。

"先拿着，去外面穿，外面穿。走啦，别在这儿烦着人家。"

孙姐看着麦超和女孩们离去的身影，想到刚才被搞砸的宣传活动，火气又往头顶冒，一阵头痛。

"不自量力的白痴。"

被赶走的麦超和女孩们来到了离赤柱露天广场不远的卜公码头，刚才充满动力的每个人，如今像泄了气的皮球，垂头丧气地坐着站着靠着，一阵沉默。

"超哥，我们这样，真的好贱呀！"

一向有话就说，甚至有时口不择言的淼淼先说出了一班女孩的心底话。

麦超突然猛地站起来，仿佛要以动作加强他的说服力。

"对，我们是贱，但没知名度更贱！大家记住今天的屈辱和难受，等到你们红了，要那些老板拿着钱送上门，要那些导演跪着求你们，记住每一个给气你们受的人，到你们有机会的时候，欺负他们，欺负到底，气死他们。"

麦超边振振有词地说，边穿梭于女孩之间，“以上我说的话，可以总结成两个字——‘争气’”。

女孩们听着，本身是千金小姐的楠楠终于沉不住气，也猛地站了起来。

“我回去向我哥拿钱，给他们几百万，要他们跪在我面前！“

“够了，你讲了好多次了！你真那么有钱的话，还用在这里丢人吗？”陈咏冷嘲热讽。

杜颂搭腔维护楠楠，“她真的是千金小姐呀，只是跟她哥不和，离家出走而已呀。”

女孩们七嘴八舌地吵起来，平日谁和谁要好，谁和谁一个小圈子，每个人的性格马上一目了然。

楠楠与杜颂、马丽莲最亲近，自然站在同一阵线。

陈咏一向就觉得自己目标清晰，就是要红，要当上明星，早就看不惯似是在胡混过日子的楠楠等人。

大家肚子里都有一口闷气，正好趁这机会一下爆发。

“她说你就相信？她哪里像千金小姐呀？”

仗义的沛坚尝试劝架，分开在互相推撞的陈咏和楠楠。

“好了，不要吵了。”

“别拉着我，关你什么事呀。”陈咏不领情。

“喂，我也是在帮大家，不想大家伤了和气。”沛坚说。

阿梦和阿花在一旁八卦看热闹，袖手旁观，淼淼的性格就选择煽风点火。

“算了吧，她们之间早就没有什么和气不和气的了。”

女孩们吵得不可开交，但她们的经纪人麦超这时候却没空调解她们之间的纷争，因为他忙着接一个电话。

“喂——喂，听不到——喂，不好意思，你等等——”麦超掩住电话的话筒，回头叫女孩们静一静，“别吵，不要吵啦。”

女孩们吵架声大得盖过了麦超的声音，根本听不见麦超的话。

“什么？不好意思，有点吵——”麦超还是听不到电话那头的话，忍无可忍，扯着嗓门喊：“别吵！”

女孩们一秒间都安静了。

“不、不、不，导演，我不是跟你说。”

女孩们听见“导演”两个字，马上都眼睛发亮，向麦超靠过去，在麦超身后围了个半圆，留心听着麦超与导演的对话。

“是的，好，那明天见。”麦超挂掉电话。

“超哥，是导演？”阿花带着憧憬的口吻问。

“是呀，是导演呀。”麦超刚才脸上的沮丧晦气一扫而空，一阵得意，“看，这几天的冲击活动有成果了，我们成功了！有电影公司打电话来找你们试镜呀！”

女孩们兴奋大叫，蹦蹦跳跳，互相拥抱欢呼，把刚刚的争吵抛之脑后，即时停战。

“我早说了，最重要就是要出位！”麦超的斗志又再燃烧起来了，举起双手，和女孩们逐一击掌，振奋士气。

第二天，麦超带着八个女孩走进电影公司进行她们第一次的试镜。

麦超环顾四周，左看看，右看看，难掩对电影公司的好奇。

“麦先生，你们是第一次上电影公司吗？”麦超好奇得连导演也觉得好奇。

“冯导演，为什么这样问呢？”麦超边说，边拿起了桌上的道具弓箭把玩试拉，一不小心，放了一箭。

不远处传来了一声惨叫，来自一个被误伤的电影公司小职员。

“喔，不好意思。”麦超呆了呆，连忙道歉。

“出去看医生吧。”导演向那小职员喊到，像没事发生一样回过头来，继续和麦超的话题，“没什么，我只是看你和你的艺人都对这里的环境很好奇嘛。”

这时候麦超才看见早就四散而没有乖乖跟在后面的女孩们，女孩们就像走进了主题公园一样，不客气地胡乱摆弄四周的电影道具。

阿花和马丽莲在一角拿着电影拍板在玩，阿花无聊地把拍板当狗头铡，把头卡在拍板中间，伸出舌头装死。玩着玩着就玩坏了，把拍板一分为二。

“不好意思。”麦超看看导演，一脸不好意思，仿佛一个爸爸带着孩子来到百货公司，孩子太顽皮，把人家的东西摔坏了，只好不停尴尬地道歉。

“没关系。”

不懂事的孩子岂止阿花和马丽莲，另一边又传来了“啪”一声。麦超和导演顺着声音看过去，原来是沛坚一屁股坐在了导演椅上，高头大马的她把导演椅来了个五马分尸，椅子完全报废。

沛坚跌坐在地上，旁边的阿梦把沛坚扶起来。沛坚搓着屁股，表情痛楚。

“唉，你——”麦超原本想上前责备沛坚，但想想还是先向导演赔罪，“对不起，真的不好意思。”

“没关系，没关系，那些都是小意思，最重要是那个奖杯。那是在第一届直布罗陀电影节上我获得的青年艺术大奖，是我人生到目前为止最高的荣誉。”导演边说，边带无限缅怀地看着远方，大概当日领奖那一幕又在脑里回放。

“哦……直布罗陀在哪儿?”

“不就是在欧洲伊比利亚半岛旁边喽。”

麦超的地理常识只限港九新界，再问下去也没意思，索性不懂装懂地点点头。

“原来在那儿。”

导演这边说着那个奖杯对他有多重要，麦超的眼角就瞄到在导演身后的那房间里，楠楠左手拿着那奖杯，右手举着手机在自拍。

楠楠左照照，右照照，调着镜头的角度，但白痴的她自然而然地只顾着用左手把头发顺到耳后，忘了手上的奖杯，一松手，奖杯就掉在地上断成了两块。麦超看着大惊，楠楠也只知道站着张大嘴巴。

“你不相信吗？我去拿给你看。”导演说罢想转身，麦超急忙将导演转向另一边，不让他往后看。

“信，我信！所以我想没这个必要了。”麦超趁导演没注意，回头给楠楠使个眼色，示意她收好这烂摊子，把奖杯修好。

“对了，你也知道她们现在多火了，那些短片呀，娱乐新闻呀，在网上有近百万点击率，那就是很火啦。她们那么红，是不是应该有私人发型师和化妆师呢？”

“应该，这是普通要求而已。”

“专车接送呢？”

“合理呀！”

“私人厨师呢？”

“不过分。”

“是煮给我吃喔。”

“就怕煮了你不吃。”

麦超和导演二人边说边走，说着说着来到了会议室。会议室内，副导演正在为陈咏、杜颂和淼淼在试镜。

“吹，多吹点。”副导演拿着照相机，不停地按动快门，替三个女孩拍照。

陈咏俯身趴在会议室的长桌上，边嘟着嘴巴吹泡泡，全力以赴，努力摆出各种性感诱人 pose，刻意抢旁边的杜颂和淼淼的镜头。

副导演弄来了几杯冰淇淋，给陈咏她们一人一杯。陈咏马上会意，伸出舌头舔着，咬着唇，白色的冰淇淋沾在嘴角，滴在波涛汹涌的胸前，让人联想无限。

“好，好，就是这样。”副导演连声赞好，自己也趴在桌上，“对，像我这样，来！趴在这儿，整个人趴下……嗯，对了，头向后仰，对……”

“哇，用得着这样割价倾销吗?”

经过好几次被故意挡住镜头后，淼淼看陈咏如此“大甩卖”身体来推销自己，也不屑参与这场恶性竞争，索性站到一旁边吃冰淇淋，看着陈咏这场使尽浑身解数的独角戏，懒得再争什么。

本也想尽力争取表现却又不争气地紧张得连 pose 和表情都变得僵硬的杜颂，冰淇淋都只融在手，不融在口，早就被冷落一旁。

“哇，你们的副导演看起来试镜试得很投入呀。”麦超说。

“他是我们老板。”导演不以为意，反而是麦超有点诧异，“他坚持要兼任副导演嘛。”

老板兼副导演听见导演与麦超说到自己，回头点点头，打了个招呼，又继续替陈咏拍照片。

“对了，手抬高一点。”

“啊，其实导演你这部片子是说什么的呢?”麦超转移话题，终于正经问到一些作为一个经纪人替演员接戏前该问的问题。

“其实这是一部艺术片。”导演一脸认真，进入了艺术家的状态。“说在 2096 年，世界末日，地球爆炸，悲凄。只剩下八个女孩，就是她们啦，在月球上用暴力美学，逼迫一个帅哥延续人类的 DNA！”

麦超消化了一下导演那段听似文艺的故事解说，很快就得出一个比较直接的总结。

“靠，不就是一帮女的强暴一个男的。”

“厉害吧？”导演靠近麦超耳边，压低声线说，“你别说给别人听，我怕有人抄袭我的点子。”

“那个帅哥谁来演？”麦超压抑住自己的怒火。

“我呀！”

“那强暴完以后呢？”

“手拉手，走向宇宙，一字排开说‘恭喜发财’，这一幕是讽刺那些贺岁片的。”导演自鸣得意，一副陶醉在自己的伟大创作里的样子，“我希望用男女最原始的胴体，在失重状态下去展现情感和欲望的角力！”

“那不就是色情片！”麦超的声音震动了整个电影公司。

当然，女孩们也听见了，被惊动了，人人都登时一个诧异并半张嘴的表情，心中蹦出一个巨大的感叹号。

“色！情！片！”

本来在后面忙着把奖杯粘好，弄得披头散发的楠楠、阿花和马丽莲以及揉着屁股的沛坚，搀扶她的阿梦，还有正在试镜的陈咏、淼淼和杜颂都围了过来，等着导演的交代。

“那不就是色情片？”麦超再说一遍。

“是爱情动作片。”导演的观点角度明显和麦超不同。

“靠，不就是色情片啰！”麦超坚持自己的看法。

“我们这部‘爱情动作片’，是会参加直布罗陀影展的，一定会入围的！”

陈咏听到“影展”、“入围”这些关键词，忍不住对导演流露出崇拜仰慕的神情，眼角瞄到楠楠手中那碎成两块的奖座。楠楠看见到陈咏瞪大眼睛看着自己手中的奖杯，自知闯祸，马上把罪证藏在身后。

“我跟你说，虽然我是很喜欢看色情片，可是我是绝不会让她们拍色情片的！”麦超咬牙切齿。

“对，我们不会拍色情片的！”女孩们难得齐心说得像喊口号一样，七个声音，唯独少了陈咏。

“我们走。”麦超头也不回，率领女孩们离开电影公司。

“好，一人让一步，每人露一点怎么样？左右任你选。”导演在挽留。

麦超没理会，女孩们经过导演身边时，都怒瞪导演一眼，态度明确，只有陈咏欲言又止地看着导演。

“是 3D 来的喔。”导演还不放弃，力陈卖点，“我和美国太空总署联络过，真的会上月球拍的！”

陈咏犹豫地停下了脚步，回头看着导演，走在最后的沛坚懒得再听导演废话，一拳重击导演那张嘴，用暴力叫导演住嘴，导演掩面倒地。

“走吧。”沛坚转身拉走驻足的陈咏。

麦超和女孩们都走了，导演这才站了起来，看见了自己那珍而重之，视之为人生高点的直布罗陀奖杯断成两块，被胶带捆了好几圈，精神创伤盖过了皮肉之痛，几乎心痛得要昏过去。

孙姐用备份的电脑匙卡，打开了剑龙家的大门。

剑龙不在家，孙姐如在自己家一般熟悉，走到剑龙的床前，张开双手，围着整张大床走了一圈，仔细看着床上的每一寸。

顶级的埃及长绒棉白色床单上，孙姐发现一根头发在软绵绵的被子下探出头来，眉头一皱，屏息静气，伸手去慢慢把那根头发抽出来，煞有介事得像抽生死签一样。

短的，短的，一定要是短的，孙姐心中默念。

一根短头发被抽出来，孙姐放在掌心看了看，才露出释然的笑容，因为她肯定那根头发是剑龙的，而不是一个曾睡过这床的女人。

孙姐一下扑在剑龙的床上，两手拉起被子紧紧裹住自己，虚拟着被剑龙强而有力的臂弯温柔地抱紧的感觉。

孙姐在剑龙的床上滚来滚去，用自己的身体经历着剑龙的身体也曾躺过、睡过的这床上的每一寸，然后又紧紧抱住剑龙的枕头，把自己的脸狠狠地埋在枕头里，贪婪地嗅着、吸着剑龙留下的气味，仿佛是在拍衣物柔顺剂的广告，享受着被单枕头上面的一阵清新气味。

这本是孙姐一个不为人知的秘密，但现在终于有一个人知道了。

在孙姐家里，那块可以看遍剑龙家的单向玻璃前，站着一个人——剑龙。他看着眼前的一切，看着熟悉的人，做着如此可怕陌生的举动。

剑龙不敢相信，也无法接受自己原来一直被这样偷窥着，心里发毛之余也做了一个决定。

夜里，电影公司的门铃被按响了。

一阵急促的门铃声催促睡眼惺忪的导演穿过办公室，走去开门。门一打开，喘着粗气站在门外的是带上自己所有行李的陈咏。

一男一女，你凝望我，我凝望你。陈咏突然拿出一支冰淇淋，摆出了一个又一个诱人的表情和 pose。

导演看得一阵急速心跳，魂游太虚，回过神来，手已伸出去一把陈咏拉入室内。

大门缓缓自动关上，门缝之间，是一对身贴身的火热男女。

向导演献身的女演员陈咏不是第一个，也不会是最后一个。

一个女人，青春和身体都是本钱，是筹码。只不过这些筹码会随女人年龄的增长而贬值，所以不如趁年轻的时候放手一搏。

机会不是时时有，有的时候要好好把握，陈咏心里早有打算，不为自己留退路就是最好的动力。

陈咏选择了用自己的方法，走自己的路。

在麦超的财务公司，原来放着陈咏行李的位置空荡荡的。麦超和女孩们对于陈咏去了哪里，都心中有数。

“自甘堕落，唉，应该回来的又不回来!”麦超坐在本来是陈咏放置行李的地方，心里一阵憋闷。

“哦，她应该回来，那就是说我们不应该回来啦！我们走!”淼淼不满麦超觉得陈咏的离开是可惜，她们这些留下的反而是多余的存在。

淼淼和沛坚一下站了起来，走了出去。

“唉！应该走的，又不走！”

“她们不应该走，就是说我们应该走啦！我们走！”这次就到阿梦和杜颂拂袖而去。

“那么小气，我又不是在说你们。”麦超只是随口说说，却多说多错。

“啊，那就是说我们啦，我们走！”

最后连阿花、马丽莲与楠楠都走了，只剩下麦超一个人。

“喂——走吧，走吧，说啥都不对！”麦超无奈。

一阵响亮的电话声把还在做美梦的孙姐吵醒，孙姐伸手去摸手机，一看来电显示是剑龙的助手，脸上划过了一丝不耐烦。

“这‘每事问’又有什么事。”孙姐嘀咕着。

“又有什么事啊？剑龙有事吗？”

电话传来了剑龙助手战战兢兢，支支吾吾的声音。

“孙……孙姐吗？”

“你不知道自己打的什么号码吗？不要再问这种蠢问题。“

“是这样的，是剑龙哥叫我打来的，他……他想你现在看电视，因为……因为他待会儿的记者招待会是直播的。”

“记者会?”孙姐几乎整个人从床上弹了起来，睡意全消，“什么直播记者会？现在剑龙应该在做周刊的访问，怎么我都不知道有什么直播记者会！”

“总之……孙姐你看电视就知道了。剑龙哥叫我了，拜拜。”剑龙的助手急忙挂掉电话。

“喂——喂——”

孙姐再打电话过去，电话却一直没人接听。

孙姐有点心慌，跳下床以后，脚趾又撞到了床脚。

“啊——”孙姐痛得直叫，眼泪都飙出来了，登时有种不祥的预感涌上心头。

孙姐忍着痛，踉踉跄跄地走进客厅，打开了电视。作为一个艺人经纪人，孙姐家的电视长期停在娱乐台。

电视的画面竟真的是剑龙正在召开记者。

“我现在宣布，从今天开始，孙美美小姐不再是我的经纪人！”

孙姐呆住了，不敢相信自己的耳朵与眼睛，连手上的手机也掉在地上。

“以后所有工作上的安排，大家可以找 Tina，她是我的新经纪人！”

孙眼睁睁地看着电视，看着剑龙欠身站了起来，风度翩翩，面带笑容地迎接那位打扮浮夸的新经纪人 Tina 。两人更互相拥抱，摆出一副相处融洽的好拍档的模样给纪者拍照。

“剑龙，那之前和你合作多年的孙姐怎样办?”

“她是有其他发展，还是这次是你单方面提出终止合作?”

电视里传来此起彼落的照相机快门声和嘈杂纷扰的记者提问。记者的一连串问题也是孙姐心中的一堆问号。

脑袋一片混乱，孙姐逼迫自己冷静下来，不要自乱阵脚。

现在要做的是抓紧时间，马上化妆，换衣服出门，狗仔队应该很快就会出现在她家楼下，趁他们还没到的时候，她必须回到公司把状况搞清楚。

电话开始响了，孙姐不用看都知道是娱乐记者打来的。

孙姐“咚咚咚”地走上直达老板办公室的旋转楼梯，门都不敲，气冲冲地直接冲进娱乐公司周老板的办公室，门口的秘书拦也拦不住。

孙姐把手袋一甩，甩在老板的桌上，双手撑着桌面，气势逼人。

“你跟我说清楚，到底发生了什么事?”孙姐质问周老板。

见惯风浪的周老板也不是省油的灯，泰山崩于前也淡定应对，先不答孙姐的问题，挥手把一脸为难的秘书打发走。

“没关系，你先出去。”

秘书退了出去，关上了门，孙姐径自拉来椅子重重地坐了下来，直直地看着周老板。

“为什么剑龙突然要换经纪人我都不知道?”

周老板一脸从容和善，继续抹他名贵的手表。

“是这样的，剑龙换Tina做他的经纪人是他自己的意思。我觉得他的理由很充分，所以批了。事先不跟你说也是剑龙的意思，他怕刺激到你，怕你太激动。”

孙姐气得提高了声线，“那你是觉得我现在还不够激动吗?”

“唉，你不能怪人家。”周老板说得欲言又止，“你也真的是，我真没想到你那么变态，我……我真的说不出口。”

“你在说什么呀?”

周老板想了想，还是忍不住了。

“唉，你让人知道你在家里，安了一块那么大的单向玻璃，”周老板边说边摊开双手，夸张地比划着镜子的大小，“日日夜夜被你这样偷窥着，害怕也很正常呀，你也真怪不得人家甩了你的。”

孙姐这才知自己的所作所为被发现了，不作声。

“现在全公司都知道你有这种癖好，我也替你问了，现在连公司那几个半红不黑的艺人都不肯跟你。我要是你，留在这里也没什么意思呀，对不对?”

孙姐默然，她知道自己的事业前途已尽毁，大脑一片空白。

“唉，话说回来，你在公司那么久，你有没有偷窥过我呀?”

其实孙姐的耳朵早就好像被罩住了，面前的周老板说什么，她一句都听不进去。

“你可以放心，我已经发了内部电邮给全公司，不许他们说出去。总之如果将来有外面的人知道，都应该不会是同事们爆料的。哎，要不我介绍一个心理医生给你吧，我有个朋友很喜欢偷窥女人的裙底，现在都治好了。”

孙姐很清楚自己目前的处境，随便点头敷衍了周老板，便一脸茫然地转身离开。

孙姐走出办公室，昔日都怕她三分，或是每次见到她都忙着巴结献媚的同事，如今都投以奇异目光，窃窃私语。孙姐深吸一口气，刻意昂首挺胸，带着最后的尊严离开了娱乐公司。

回到家中，孙姐颓然地坐在沙发上，一坐就坐到黄昏，直至天黑，也懒得去开灯，就如家中的一件家具般。她的身体再没力量，如一堆泥般塌下。

和剑龙的过去，如何走到今天的地步，一切一切的记忆都在孙姐脑中一一回溯。

最初的最初，他是个半红不黑的小武打演员，她也只是个打杂的艺人助理。

改变二人命运的那天，下着大雨。

她抱着一大堆好不容易借来的赞助服装，两手腾不出来，只能狼狈笨拙地用身体推开娱乐公司的大门。

他一个人落魄地坐在长长的走廊上的沙发上，苦恼地抱着头。伴着他的是沙发旁边堆着的几个纸箱，箱内放着一些他之前拍下的功夫造型照，还有那些早沦为仓底货的宣传品和纪念品，这几箱只是货仓里的冷山一角。

经过的同事们冷眼瞄了瞄，然后都窃窃私语。娱乐圈每年人才辈出，新人一浪接一浪，红了的谁都知道风光，但不为人知的，最后红不了，而被解约和被淘汰的更多。这种暗星年年陨落好几个，在娱乐公司的工作的人见怪不怪。

“咦？你坐在这里干嘛？快过来试衣服。”她朝气十足，大步走到剑龙身边。

他却仍是沉默不动，她感觉不对劲，眼角瞄到他身旁的纸箱，聪明的她已猜到一二，脚步后退。

“不是吧。”

他终于抬起头，看着她。

“不用试了，都没机会穿了。”一个深呼吸后，他说出残酷的现实，“他们要我和提前解约。”

她一时间也不知该说些什么。

“放心，他们会把你调去跟一个比我有前途的艺人。”

她顿了顿才反应过来，情绪激动。

“谁说你没前途的？谁说的？”

他用视线告诉她是在楼上办公室的周老板。

她是为他不值，也为自己的眼光没人认同而感到不忿。

她抛下手中的衣服，一股劲儿冲上旋转楼梯直上二楼，找公司老板周老板理论。

“小孙——”他怎么也叫不住她，他想过追上去，但见到众人的目光，脚步突然变得像铅一般重，懦弱地站在原地。

她风风火火地闯进了老板的办公室，看见老板才心里一怯，但反正事到如今，关都闯了，就硬着头皮开战好了。

“你和剑龙解约，你一定会后悔。”

周老板慢条斯理地把秘书递上的新人合约签好才淡定地抬了一下眉毛，看着一脸认真的她。

“签了他我已经好后悔了，也不差再后悔一次。喂，小妹，不好意思，你是哪位呀?”

“我是剑龙的助理，跟了他两年了。”

周老板示意秘书先出去。所谓气势，有时就是别人跟你说话，你却从不第一时间回应。

“他一定会红的！你相信我。”

周老板失笑道：“他是真的红不起来了，都两年了。”

“问题……问题出在他的经纪人太没用了。”

周老板往椅背一靠，洗耳恭听她的伟论，怎知她却提出了一个豪气的方案。

“给我一年时间，我来做他的经纪人，我把他捧红给你看。”

她一鼓作气，夸下海口，表面故作镇定，胸有成竹，心其却在怦怦跳，直望着老板，等候发落。

周老板想了想，戴上了眼镜，打开了旁边有关剑龙开支的文件，看罢就“噗嗤”一笑，她猜不透周老板这一笑的意思。

“他已经亏了我两年的钱，还欠公司几百万，你说要是再签他一年，这一年的开销谁来负责？”

她默然，想了想，紧握了一下拳头，瞬间做了个也许有些冲动的决定。

“我负责。”

“你负责？”周老板又失笑。

“我爸给了我一笔首付买房子，现在我拿出来，这一年我不拿工资，如果一年后剑龙还红不了，我和他一起消失。”

听罢她的豪言壮语，原来靠在老板椅上的周老板施施然坐直身子，盯着她看。

她屏息静气，等着周老板的回应。

“你叫什么名字？”

“孙美美。”

周老板的态度忽而戏剧化地一百八十度转变，堆了个笑脸。

“哦，请坐，请坐，你想我叫你美美姐，还是孙姐？”

面对周老板如此虚伪的忽然友善，她失措地坐下。

“我最喜欢别人贴钱给我了，原来你对娱乐事业那么有抱负，还带钱上班，贴钱给小白脸。我懂的，就陪你玩一年吧。你那笔首付有多少钱呢？没有一百万，大概也有八十万吧？”

“差不多吧。”虽然觉得自己有点冲动，但也已骑虎难下，她心想唯有拼死一搏。

“多谢老板。”

她走出了老板的办公室，把门带上，转身就见他站在门外。

他带着惊讶又感激的眼神看着她，她用坚定鼓励的眼神回应，二人从此开始并肩作战。

孙美美是从那天起，被人称作孙姐，当上了剑龙的经纪人的。

在剑龙还没红的时候，两人有过一段苦日子。

“我不怕死，我们中国人是不怕死的！”衣衫褴褛，光着脚的剑龙双手被绑，吊在五米的半空，痛苦挣扎，却仍宁死不屈地高喊着。

纵然明知是在演戏，但地上的孙姐一直抬头看着剑龙，担心得要死。

“Cut！Good take！”导演终于满意。“好，先休息一下，放饭吧。”

大家一听见放饭就兴奋，下面调度着拉钢丝的动作导演和他的助手们急不可待地作鸟兽散状，向传来饭香的盒饭扑去，好像头顶上的剑龙是被晾晒的衣服一样，继续让他在半空晾着就好。

孙姐赶紧拉住动作导演不让他走。

“导演，放饭你也得先放他下来呀，他在上面吊了大半天了。”

动作导演抬头看了看剑龙，一脸不耐烦地说：“放他下来，待会儿又要吊上去，很费时间的，在上面吃吧。”

“在上面怎么吃呀?”

动作导演接过助手扔过来的馒头，往上向剑龙抛去。

“喂，接住。”

双手被绑的剑龙勉强用双脚夹住了馒头，蜷曲着身体，把脚抬起，却根本不可能把馒头送到嘴里。

“差一点就 OK 了，你是动作演员嘛，再用点腰力。”动作导演还在挖苦剑龙，回头看见别人都在大口吃饭，就不理孙姐，一个箭步走了，“哇，今天菜那么好呀!”

“喂——喂——”孙姐怒火心中烧却也无可奈何。她在心里向自己发誓，他朝有机会，一定要把今天的屈辱，双倍奉还给这位动作导演，山水有相逢。

果然，不用太久，剑龙就红了，这动作导演也为他这天的势利付出了代价，得到了报应。

孙姐抬头看了看剑龙，看见旁边一个用作高处拍摄的有两三层楼高的高台铝架，她想到了办法。

娇小的她吃力地推着铝架，让剑龙的脚可以踏在平台上，不用吊得那么辛苦，然后有恐高症的她就硬着头皮，拿着一个盒饭，一级一级爬上铝架。

他看着她，莫名地心酸。

打光灯下，二人站在高高的铝架平台上，就像身处一个只属于他俩的私人世界。剑龙双手被绑着，孙姐就一口一口地喂他吃饭。他忍住了眼泪，却吃不下去。

“还没红就是要忍耐一点的。”她安慰他。

“你不是有恐高症吗?”

“别管我了，你那么难得才得到这么可以发挥的角色，这是一个好机会，千万不要气馁。”孙姐强挤笑容，为剑龙打气，“你一定行的，加油呀!”

剑龙含着一口饭，默默地点头，把饭吞了。

那部电影以后，剑龙似乎开始走运了，往后几部主演的电影都票房大丰收，一部比一部好。

剑龙真的开始红了，登上了一线武打明星的位置。

随着剑龙红了，在他身旁的孙姐也装扮得更成熟，更像一个专业的经纪人，抛掉了那个助理小妹的她。

这一行的人都势利，都先敬罗衣后敬人，眼尖的人甚至可以一眼看出别人身上的衣服是哪一个牌子，是不是上等货。

庆功宴上，杯觥交错，大家都争着和认识或不认识的人碰杯干杯，欢笑吵闹声不绝。

势利现实的周老板主动过来向剑龙和孙姐敬酒。

“全年票房冠军！超级经纪人！”周老板热情地左手搭住剑龙，右手搭住孙姐。

“我早就看好你们，就说你们一定行的！”

“哈哈！你真的有这样说过吗？我倒没印象。”孙姐笑着说。

“老板你这人，看到钱就变得快！哈哈哈！”

二人自知以自己现在的价值，有些平日不该说的话是可以借着醉意说的，不过场面一时间还是僵住了。

“哈哈，不是开开玩笑也不行吧？”不过姜是老的辣，还是周老板厉害，一秒间变脸。

见好就收是游戏规则，知道分寸的孙姐与剑龙也跟着陪笑。

“哈哈，当然可以啦，周老板，没你看好我们，我们哪有今天呀。”

“哈哈，干吧！最有眼光的老板！”

孙姐与剑龙默契地交换了一个眼色，互相碰杯。

想着想着过去的事，时间已到午夜，被剑龙甩掉的孙姐仍倒在沙发上，一动不动，只有想到那些年和剑龙一起奋斗的日子，当日伴着委屈咽下的饭，和日后扬眉吐出的那口气，才有一丝事过境迁的回甘微笑。

想起了庆功宴，孙姐又想起了两人之间的一个小插曲，小秘密，也是至今不解的桃色疑云。

不知为什么，这世上有些人就是觉得强迫别人喝酒，把别人灌醉，比自己喝酒更畅快。而在内地工作，去应酬个饭局，你总会碰上几个。

在那种场合，有人走来敬酒，第一句就是“来，这一杯我敬你”，你都还没来得及表白自己酒量不好，或是找个借口说自己吃了药，或是酒精敏感，对方已抛出一句“不喝就是不给面子呀”来截断你的退路。

而有些人的面子的确又是不能不给，所以好酒量也是作为一个经纪人必需的条件。

这些年来，孙姐由最初喝半杯红酒就神志不清，脚步不稳，一杯就倒地不起，修练到如今几杯茅台下肚都面不改色的好酒量，除此之外，她还有各种防醉的小窍门。

喝酒前吃点奶酪已是例行公事，慢慢喝，尽量不要一股脑儿，豪气地灌进喉咙是第一守则。但遇上不能不喝，要绕场一周，向上百人敬酒的场合，一条湿毛巾就是救命法宝——把喝下的酒含在嘴里，有机会就转身吐在毛巾上。

最高纪录的一次，孙姐一晚换了十多条毛巾。

那次是到内地宣传后的庆功宴，孙姐一如既往，来向剑龙敬酒的，她能挡的都挡掉，但在那种场合，顶得了一个，后面千千万万个陆续地来。

最后，两人还是不可避免地被灌醉了。

醉醺醺的孙姐好不容易半扶半靠地把同样醉醺醺的剑龙送回酒店套房。

孙姐掏出酒店房卡，把房门打开。两人脚步浮浮沉沉，跌跌撞撞地穿过套房的客厅，走到卧室，剑龙整个人倒在床上失去了知觉。

在安顿好剑龙，让他好好睡之前，孙姐有绝不会倒下的意志。

迷迷糊糊地替剑龙脱去鞋子和外套，盖好被子，孙姐迷迷糊糊走出卧室，摔了一跤，“啪”一声倒在地上，就此晕过去了，失去了几秒意识，她动了一下，又霍地弹坐起来，仿佛死去又活来，迷糊朦胧地看看四周。

“呀，我是怎样回来的呢?”孙姐抓了抓头，以为自己已经回到自己的房间了。

孙姐半走半爬地穿过大厅，走回卧室，睡到剑龙空着的那半边床去，一躺下就习惯性地伸手到背后，两下就把胸罩从外衣里拉出来随手一丢。

另外半边床的剑龙也觉得穿着牛仔裤睡不太舒服，半醉半醒地把裤子脱去了。他往她那边一转身，原来背对的两人变成了面对面，靠得很近，只差鼻尖那一寸。

孙姐傻傻一笑，伸手摸剑龙的脸，吃了一惊。

“哈，怎么今晚你那么真实呢?”说罢孙姐拉过被子，一个反身跨在剑龙身上，抱住他，温柔地捧住他的脸。

“来，叫我美美，我喜欢你叫我美美。”

“美美?”剑龙口齿不清地跟着念。

“哇，好好听，好温馨啊。”

孙姐把剑龙抱得更紧些，剑龙觉得太粘太热，乏力地推了推压在他身上的她。

二人在被子下一阵翻动，像是她在为所欲为，又像是他带醉无力的挣扎。

清晨的阳光照进房间，柔柔地揭开了孙姐的眼皮。她别过头去，看见旁边还在做梦的剑龙，吓了一跳。

“昨晚……出事了?”孙姐心中暗叫。

她努力用宿醉的脑袋回想昨夜的事却印象模糊，再用力想想，只换来脑袋用头痛抗议。

“怎么办？怎么办？”她连脚趾头都不敢动，一方面怕惊动了旁边的他，把他吵醒了就没时间去思考如何收拾现在这场面了，另一方面也贪在这么近的距离，多看一会儿这张脸。

剑龙突然睁开眼。

二人你看我，我看你，剑龙第一时间的反应是没反应过来，惊愕的反应滞后了两秒，才吓得瞳孔放大，整个人弹了起来，大叫一声，跳了下床。

上身半裸的剑龙马上看看自己的下半身，松了一口气。

“还好裤子还在。”

“可是你没穿内裤啊。”孙姐举起了在床边拾起的男士内裤。

“怎么会这样？”剑龙难以相信发生在自己身上的异象，伸手进裤裆证实——事实叫他的脸色都发青了。

剑龙迈出一步，踩到了孙姐丢在地上的胸罩。隐形胸罩里的填充物那滑嘟嘟，软趴趴的触感，叫他以为踩到了什么不明物体，低头一看，忍不住“啊”一声惊叫。

“那你又为什么穿了衣服，没有穿胸罩呀？”剑龙的口吻在质问与疑问之间。

孙姐边尴尬地捡起了地上的胸罩，边说："这……这有什么稀奇嘛，每个女人都会这一招，隔着外衣脱胸罩啦。"

"真没想到。"剑龙的语气一时凝重。

"你相信我，真的每个女人都会的，不相信我示范一次给你看。"孙姐连忙解释。

孙姐竟真的快速示范了一次隔衣脱 Bra。

"看，就这样。"孙姐示范完毕，便意识到自己看来有多蠢，脸上只有用来遮丑的僵硬笑容。

"我不是不相信你。我一直以为你只是小，我没想到原来你是没有。"

听见剑龙的说话，孙姐立时被打击得脑袋发麻，脑海顿时一片空白。

"唉，我干嘛还跟你瞎扯这些有的没的，我只是想知道，昨天晚上，我们到底有没有……"剑龙这才回到眼下事情的重点上。

"没有"，孙姐第一时间予以严正否认，但剑龙一口气还没松，孙姐又随即犹豫，"应该没有……其实我也不记得有，还是没有……"

剑龙空欢喜一场，只好努力回想。

“我……也不是很肯定，”剑龙着急抓狂，“平时都是你帮我记东西的，你快想想有没有。”

“想呢，倒真有想过，至于真的有没有做过……”

孙姐尝试认真回想，等着答案的剑龙心情紧张得像犯人等待宣判。

“我真的记不起来。再想下去，我怕我会混淆了想象与现实。”

剑龙颓然跌在床边，脸埋在双手里，苦恼不已，比一个惨淡少年知道他的小女朋友不幸地成功受孕更苦恼。

孙姐看见剑龙的反应，也不知如何是好，但她不忍心看见剑龙如此伤脑筋，于是开始打圆场。

“那——那就当什么事都没有发生过。以后……以后我们就像从前那样，只是经纪人和艺人的关系。”孙姐说罢，留意着剑龙的反应。

“好，你自己说的。”剑龙如释重负，爽快敲定。

面对剑龙的反应，孙姐的脸上划过一丝失望。

“不过——除了经纪人，你还是我的好朋友，好搭档。”

孙姐本满心期待这个“不过”，但“不过”接下去的又是叫她跌回谷底的说话。

“对呀，我们是好朋友和好搭挡。”孙姐打起精神附和着，掩饰心底的失望。

到底那一晚发生过什么，那天之后就成了孙姐和剑龙两人之间不可触碰的话题，大概只有孙姐一个人一直把它尘封在心里，只有她想解开这个悬案。

孙姐缓缓转个身来，在黑眼中看着单向玻璃另一边那漆黑无人的家，她知道剑龙再不会再回来了。

她想起了和剑龙名成利就之后，为了奖励自己，一起搬进半山豪宅区的那一天。

“你先闭上眼，我保证你一定喜欢这房子。”孙姐故作神秘，把钥匙插进了剑龙家的大门。

“噔——噔!”孙姐自行加上惊喜音效。

门一打开，剑龙一睁开眼，就难掩兴奋，在一百多坪的屋子里走着看着，像个小孩，对那一面墙的落地大镜子尤其欣赏。

“哇，好大的镜子。”剑龙边说着，边习惯成自然地边照镜子，边抓头发。

看见反光的东西就忍不住要照一照是许多自恋的人的心瘾，而艺人通常都自恋。

孙姐看着剑龙开心的样子，他快乐，所以她快乐，也满足地笑了。

“我就知道你喜欢照镜子，特地找工匠制作的，喜欢吗?”

剑龙照着镜子，连连点头。

“我也找师傅看过了，这里风水好得很，跟你八字很合，会越住越旺的。你现在是大明星了，住的地方不可以太失礼。”

“你把隔壁那房间也租下来了?”

“是呀，以后大家左邻右舍，工作方便很多嘛。”孙姐把新屋的电脑匙卡交给剑龙，“好了，你看看还缺什么就告诉我吧。”

“应该没有了吧。”剑龙环顾他的新居，满意地说。

剑龙的新家根本不像刚搬家那样四处都是未开封的纸皮箱，所有东西都各在其位，孙姐早就为他打点得整整齐齐，妥妥帖贴。

“你有备份钥匙了吗?”剑龙接过电脑匙卡。

“有了，我先回去，替你收拾了，我自己都还没收拾。”

孙姐回到自己的新家，赶紧欣赏自己那别出心裁的杰作——落地的单向玻璃，看着对面懵然不知，在镜前耍帅抓头发的剑龙，忍不住伸手去摸那触不到的他。

黎明晨光走进屋内，孙姐一夜没睡，一脸疲累，茫然看着对面那空荡荡的剑龙的家。她默默地从沙发站起来，拿起了旁边的一张椅子，愤然大喊着掷向那该死的单向玻璃。

玻璃应声裂开，裂痕蔓延整面玻璃，一下成了碎了一地的破镜。

3

在麦超的公司，没有新工作的女孩们百无聊赖，懒洋洋地散落在办公室各处，各自打发时间。

淼淼在玩手机游戏，一局又一局，指头如机械一般在手机屏幕上拨来拨去，按左按右。

沛坚在似看非看地翻杂志，其实这些杂志早就被她翻了无数遍，纸边四角都卷起来了，若是抽问本期娱乐八卦内容，她定会高分过关。

阿花举着手机自拍，看镜头的，不看镜头的，装别人偷拍自己，没注意到的，林林总总的 pose 姿态，大概在她那贴满闪闪水钻的手机相册里应有尽有。假如她是在为有天成为明星后能够自如地在镁光灯前摆 pose 作准备，那倒是相当勤快的。

杜颂和阿梦是一对好姐妹，相亲相爱，互相替对方美甲。

涂指甲这事儿最适合无事可做，闲得只剩下时间的人，因为涂了指甲后，还得腾出双手与时间，最好什么都别碰，乖乖地等指甲完美地干透，不然花掉了就得重头洗掉再来。不过这两个女孩有的是时间，一点也不担心。想想不如连脚趾甲也涂一涂，连走路都不行，就光坐着享受时光的流逝。

楠楠抬着头，看电视，但午后的电视节目的目标观众似乎是针对赋闲在家的家庭主妇，而不是赋闲在公司的少女，看得她呵欠一个接一个，索性闭上眼来个午睡。

吃货马丽莲已把吃零食视为唯一娱乐，没有之一，所以得用慢动作享受当中的乐趣，把进食过程拖长，手中的一包薯片可以消磨一个小时。

一片慵懒颓废的气氛弥漫在办公室，麦超看着女孩们，也着实看不下去，正想叫女孩们打起精神来找些事做时，他的手机响起来了。

女孩们稍稍提起精神，向麦超望去，希望有好消息。

“喂——我是。”麦超听着电话那边的话，又由原来的和颜悦色，变成脸色一沉。

“不拍色情片，不陪客旅行，不陪客吃饭！直接上床？你是不是找死？还问？我是她们经纪人，不是拉皮条的！和你老板说，要是他真想找女人陪他旅行吃饭，叫他孝顺一下自己老妈吧。”

麦超狠狠地按下电话的终止通话键，挂了线。

“怎么混娱乐圈的人都那么坏？”

牛河点头表示同意，“超哥，会不会是我们太单纯呢？”在旁边的牛河认真地提出疑问，“我担心你被人骗呀。”

麦超也点头认同牛河的看法。

女孩们不知何时已凑了过来，以幽怨委屈的眼神看着麦超。

“这种电话，这个礼拜已经是第三个了。”淼淼说。

“现在不是这些淫媒电话，就是找我们拍三点式内衣照片的杂志。”沛坚说。

“为什么都是这些电话？”马丽莲问得吞吞吐吐，“我们真的这样贱吗？”

“难道我们真的会像那个孙姐说的，贱得翻不了身吗？”杜颂泄气地说。

麦超一时也无言了，想起了当日孙姐所言。

“你以为上了娱乐新闻头条，你就很了不起了吗？记者只会写你们送上门、写你们卖肉、写你们低俗。有多贱，就把你们写多贱……不要以为你在帮她们，你只是在害她们！”

“那个死八婆——”麦超嘴里骂着，心里却有了个决定。

失业又失意，已躲在家里好一阵子的孙姐，眼下最头痛的是面前一堆到期还款的账单。

电话响起。

“喂？”

“孙小姐，你已经两个月没有交租了，现在我正式通知你，要是你这个月还没有钱交租，那请你搬走吧。”原来是业主的催租电话。

“谁说我没钱的，我只是太忙忘了办转账而已，我现在出差不在香港，我回来马上交。”孙姐撒谎硬撑着。

“是就最好啦。”业主半信半疑。

挂掉了业主的电话，孙姐烦得乱抓头发，但日子还是要过，她还是抖擞精神，打了个电话。

“喂，周董吗？”孙姐故作熟络，“阿孙呀，之前你不是问我有没有兴趣跳槽到你公司吗?”

“哇，今时今日，还有谁敢请你孙姐呀?”

“条件那些可以慢慢谈的。”

“唉，孙姐，我也不妨跟你老实说，问题是你偷窥剑龙那事全世界都知道了，那些八卦杂志都爆料了。”

“不是吧你，八卦杂志说的你都相信?”孙姐尝试否认。

“我一向都很相信的！总之现在全行都说你变态，你不收钱，我也不敢请你呀。不如你先看医生吧。不好意思，我有电话，再说吧。”

周董断言挂线，孙姐气极，却也再没有反驳的机会，沮丧地伏在桌上，一阵饥肠辘辘的声音。

孙姐垂头丧气，走到厨房翻箱倒箧，连放着不知多久的饼干罐也找过了，证实家中干粮已耗尽。

“唉——”孙姐长叹一声。

心情低落，没心思打扮，戴上墨镜和帽子，随手拿起钱包，蓬头垢面，不修边幅的孙姐没精打采地出门了。

孙姐低着头走出大厦，虽然剑龙换经纪人的事对娱乐八卦杂志的编辑和读者来说都已是旧闻。但孙姐还是很小心，怕狗仔队不知埋伏在哪个隐蔽处，突然扑出来追访，而且总在被访者最慌张尴尬的时候拍下其丑态，然后放在杂志封面。

孙姐防得了记者，却没意识到自家楼下就有一辆面包车大大方方地停在路边，正等着她。

车门“唰”地一打开，牛河和色拉跳下车，一左一右把孙一把架起，掳劫上车。

多士已在七人车旁开着门等候，牛河把自己和孙姐一并甩进车内。多士快速关上车门，色拉、薯条守在车的四周。牛河等人行动迅速看来是平日训练有素。

车内，孙姐惊恐反抗，伸手踢脚。

“干什么？绑架呀！我正失业，没钱的！呀……不要杀我呀，也不要劫色呀，呀……呀……”

其实早就没有人捉住她，麦超和牛河只是在旁跷起双手，看着她，等她自己停下来。

孙姐似乎没有停下来的迹象，麦超终于受不了孙姐的夺命狂呼。

“你冷静点，根本没人捉住你。”牛河劝道。

“呀……呀……呀！”孙姐还是在乱叫。

“你再叫，我就真的赏你两巴掌，然后拿封纸皮箱的胶带封住你的嘴巴。”

孙姐即时住嘴收声。

“你们是谁？想干嘛？”孙姐问坐在她旁边的牛河。

“这位是我们的大哥。”牛河向孙姐介绍坐在对面的麦超。

麦超诚恳一笑，孙姐加强了戒心。

“认不认得我呀?”

孙姐定下神来，认真看看麦超，这才恍然出现了一个记起什么的表情，指着麦超。

“哦！那帮没品味，低档次的贱女孩的经纪人嘛。”孙姐抿抿嘴，“不过，名字我忘了。”

“我们这些烂名字忘了也没关系!”麦超说，“可我记得你，你说得对，我那帮女孩比牛河还贱!”麦超道明来意，“我想你跳槽过来帮我，帮我当她们的经纪人，帮我捧红她们。”

“你……找错人了。”

孙姐说罢要开车门下车，却被牛河阻止了。

“等等，不如先听下去。”牛河说。

“我就觉得我没找错人，你欠银行的几笔贷款，我替你还了。你几个月没交租，我又替你交了。”

“等等，你们怎么知道我住这里，还知道我欠银行贷款和欠租?”孙姐现在才意识到自己的私隐和自身的安全危机。

“哈，我大概没告诉你我的本业是催账，作为一个专业的催账专家，只要你有银行账户，有欠款，或曾经欠款，要找你出来有多难?”麦超忍不住自豪地说，“好了，说回正经事吧，我觉得你现在不替我打工也没其他更好的选择了。”

麦超从口袋掏出一沓钞票向孙姐奉上，“小小意思，表示诚意，这里是十万块，另外每个月再给你二十万，好吗?”

孙姐看着大叠的现金，忍不住动摇了，爱财的本相原形毕露。她看看麦超和牛河，觉得不像说笑。

孙姐一边收下这十万现金，一边用超级经纪人的口吻讨价还价。

“要我做她们经纪人也行，我要在她们的报酬中，再抽百分之三十作佣金。另外，再加应酬费、服装津贴、房屋津贴。”孙姐粗略心算，“大概十万块左右吧。”

“哇，你干脆去抢劫吧。”牛河叫道。

“如果我连我自己的条件都开不好，我以后怎么出去替她们这些艺人开条件呀?”孙姐自信地说。

“看，这就是专业嘛。”麦超教训牛河，向孙姐伸手，“有本事，谢谢你，以后叫我小超吧，合作愉快。”

孙姐勉强一笑，二人握手成交。

孙姐重新振作，一身光鲜干练，虽然再次出发的起点有点低。

身处麦超原是催账公司的办公室，乱七八嘈的装修摆设，棒球棒、油漆、锁链堆在一角，明显是催账法宝，墙上的一块大黑板上有一堆债务人的名字与欠款数字。

不过，办公室的环境还远不及面前排着队，要向她这个新任经纪人表演才艺与自我介绍的七个女孩叫她头痛。

那天麦超带着女孩们捣乱剑龙的宣传活动，孙姐都没有好好认真看她们一眼，她来上班之前，安慰自己她们可能并没有想象得那么糟，但现在她知道错了，她太乐观了。事实此刻横陈在眼前，没有最糟，只有更糟。

换了是以前在全香港最大的娱乐公司出任艺人总监的她，一定马上和这七个才艺不全，奇形怪状的赔钱货解约，劝老板痛定思痛，止蚀离场，少输当赢。

不过，如果这公司没有这七个女孩，她也没有存在的价值，难道又回去加入失业大军，想到这里，她马上删除记忆，把之前想过的都当没想过。

“我叫杜颂，我最厉害是乒乓！”轮到杜颂自我介绍，当她正想将乒乓球抛上半空，开始表演时，就被孙姐喊停。

“不用了！”孙姐实在看不下去了，“知道自己的优点是不够的，知道自己的缺点才是最重要。”

麦超大力点头，表示赞同，“嗯，那她们有什么缺点呢？”

孙姐忍不住翻了白眼，潜台词是“那还用问！”

“古怪、白痴、低俗、人不像人、怪兽不像怪兽。”

孙姐对女孩们坦白这直接无底线的劣评，引起了女孩的不忿，自卑和难过，女孩们一阵小骚动。

“哇，你这样说，那就是没法儿做下去了嘛。”麦超说。

孙姐心里暗叫：“呵，你知道就好。”但嘴巴却说：“那又不一定，咸鱼都可以做到翻身，只是看谁来做她们的经纪人而已。”

“那你就赶快捧红她们啦。”

麦超着急紧张，孙姐却依旧淡定，一派大师风范。

“第一件要做的事呢，就是什么都别做，雪藏她们。”

女孩们一阵哗然，“有没有搞错？那怎么行！”

“别吵！”麦超一声令下，止住了女孩们的投诉，“先让人家把话说完。”

“不要曝光，让所有人都忘记她们之前干过的那些蠢事！”孙姐在女孩们之间来回穿梭，顺便近距离，把每个人从头到脚，上下打量一番，高跟鞋触地的“咯咯”声仿佛添加了威严。

“第二件要做的事呢，就是麻烦你们，把自己的生辰八字都写下来给我。”

“哦，1972 年……”麦超马上报上生辰八字。

“不是你。”孙姐不给面子，立刻谢绝。

由于时间关系，女孩们的八字和算命大师就好像烹饪节目中的材料与主厨，都已经准备就绪。写下各个女孩的名字与生辰八字的红纸已在大师手中。

女孩们一字排开，似一班女兵在迎接检阅。

“这位呢，就是‘雨云大师’，娱乐圈最红的那几位呢，都很相信他的。”孙姐介绍大师，难得的毕恭毕敬，“大师，请你指点一下。”

“雨云哥是吧？久仰，久仰。”

虽然大家江湖不一样，身份江湖大哥的麦超还是选择以江湖口吻，向江湖术士打招呼。

“哇，哈，真的奇形怪状嘛。”大师看看面前七个女孩，也吃了一小惊。

孙姐只好陪笑着说：“指点一下，指点一下。”

“看看。”排在最前头的是沛坚，“这位眉头带箭，脾气暴躁呀，记得每天多洗澡，可以浇熄心火。”

脾气不好的人最讨厌被人说脾气不好，沛坚马上眉头一皱，怒瞪大师。

“啊，还有一点白内障喔。”

大师逐一点评女孩们，第二个是楠楠。

“耳薄又细呀，就是说弄巧成拙喽！”楠楠马上掩住自己的双耳，大师继续说：“这样吧，这样吧，多戴金属耳环会有好处。”

第三个，马丽莲。

“哎呀，眼尾下垂，被动而消极。有空呢，用手指，往上推推。”

“这样推吗？”马丽莲用中指推着眼尾，把眼睛都推成一条线了。

“没错。”大师也竖起中指，托了一下他的眼镜。

第四个，杜颂。

“鼻梁生弯节，感情易挫折。”

杜颂扁着嘴，摸摸鼻子。

大师想了想，想了个化解办法，“整容吧。”

第五个，阿梦。

“年少无臀，就是有胸没屁股，主懒惰呀！”

阿梦扭扭腰，看看自己的屁股。

“可以坐就多坐着，整天坐，屁股自然会变大啦。”

第六个，阿花。

“呵，这位有趣了。”阿花还以为大师要赞自己的福相，得意着。

“胸部挺而凸，笨而呆！”

阿花即时面色一沉。

“虽然有说人笨是无药可救，只好将缺点化做优点，放大它吧，找个整型医生弄大点儿。”

“什么？又整？很多次了呀。”阿花蠢得不经意暴露了自己整形的前科。

“那就是说你之前的医生帮不了你嘛。”

最后一个，淼淼。

淼淼听着大师把前面六个好姐妹说得这不对，那不好，已经相当不满，闷着一肚子气。

“嗯，这位就——啊，她的名字叫何淼淼。”

“对呀。”淼淼摆出了一张臭脸候教。

“五行只有水，欠金，欠土，欠木，欠火。”大师摇摇头，“水太多，乃祸水呀，还克住属火的孙姐你和麦先生呀！”

“那大师呀，你有方法化解的吧？”孙姐地紧张问。

“可以试试改名，比如叫森森呀，火火呀，金金呀会好一点！”

“喂！”淼淼终按捺不住，向大师开火，“你说改就改呀？我觉得我名字很好听呀。你们呀，别听这根神棍随便说两句就改。”

这下连大师都火大了，“喂！”

“你当我们脑子进水了？”淼淼乘胜追击，得势不饶人，继续骂。

“对呀！”女孩们也站到了她们的姐妹那边，但旁人听在耳里，还以为一声“对呀”是承认自己脑子进水。

“你刚刚叫我什么？”大师怒问。

“我叫你这根神棍。”淼淼似乎还怕火药味不够浓，加强语气，边说边加上动作，比划成一个条状的神棍。

刚被大师批评得体无完肤的众女孩都忍不住失笑，淼淼转身走开，大师却气极，把她喝住。

“丫头，你给我站住！在下自幼出道……”大师边说，边向淼淼走去。

麦超和孙姐见大师如此激动，马上挡住大师。

“大师，不不不。”

“算中过香港回归，南亚海啸，”大师尝试挣脱麦超和孙姐，“连 iPhone5 何时预售都能预知，多少大明星都是我一双眼看红。如今你竟然叫我‘神棍’，还一‘根’！”

淼淼也不是省油的灯，绝不相让，麦超与孙姐分别拉着淼淼及风水大师，两人远远对骂着。

“你叫‘雨云’，不一样那么多水，你怎么不改名？不如你改名叫‘骗财’啦！有个财字呀！旺财呀！旺财呀！”

“你犯太岁了今天！我算到你！”大师挽起衣袖，准备打上一架，“别拉着我！”

“干什么？你想打我呀？”淼淼继续口出狂言，“你打呀！打我呀！”

“大师，大师……”孙姐叫住大师，“不要这样。”

淼淼身手敏捷，趁麦超一时松懈，成功偷袭大师，踢了他小腿一脚。

“呀——她暗算我！”大师喊痛。

场面和两人的情绪都失控，孙姐用尽全力拉走大师，“她们是小孩子而已，不懂事。我送你，别跟小孩计较。”

“喂，我的红包？”大师不忘红包。

“红包红包！”孙姐催促麦超把红包拿出来。

“大师，红包红包。”麦超把红包塞给大师，用背挡住淼淼她们。

“你这神棍，快滚！”

“哎，你你你……”

“快滚快滚!”

“不要不要不要……”

“大师，别跟她们一般见识，有失身份呀，我送你出去！谢谢!”孙姐好不容易把大师送到门口。大师收起红包，悻悻然离去。

在麦超的办公室，麦超数着钞票。

“刚刚那大师的红包你出手也太豪爽了吧，几万块看一次。”

“他看风水是按面积收费的，看人就按体重，这里最重是你，最贵是你呀。”孙姐说。

麦超也无话可说。

“好了，以后我会带好多大老板和大导演过来跟她们见面，你这里太失礼了，我想呀，我们要搬去一个比较气派的地方才行。”孙姐说着她的计划。

“搬？一块钱都还没赚过，又要花一大笔钱?”

“娱乐圈很势利的，什么都看门面，看排场，我看中了一个地方，格局不错的。”

“多少平米呀?”

“大也不算很大，不过勉勉强强应该够你们用的。”

“哇——这叫勉强够用，那女人的勉强也太夸张了吧?”麦超走出自己在二楼的新办公室，忍不住惊讶大叫。

“哇——”这次是女孩的叫声。

女孩们走进新公司，一进门就看见挂在走廊墙上自己那放大成大海报的照片，已不停尖叫。

“这是我耶。”阿梦走到自己的照片前。

“我觉得自己真的好像明星呀。”杜颂说。

女孩们再往里走一点，看见新公司一楼中央那空旷的中庭，还有二楼，兴奋得目瞪口呆，随手把行李扔到一旁就穿梭其中参观新环境。

麦超在二楼走廊的平台上居高临下地俯瞰在楼下不知何时竟打起排球来的女孩们。少女打排球，蹦蹦跳跳，生气盎然，只看得麦超春心荡漾。

孙姐也走了上二楼，走到麦超身边，和麦超一起看着楼下打球的女孩们。

“你看看，这就是低能儿童乐趣多。”麦超马上正色，假正经地嘲讽女孩们。

“小孩嘛，”孙姐看穿了麦超，却不说穿，“单独看呢，就全都不行。不过，现在这个社会，整体感觉良好才是最重要，搞组合吧。”

“就像那个 Twins?”

“她们那么多人，怎么看都是少女时代啦。”

“啊，那就要改一个厉害一点，霸气一点的名字。”

“不是有间公司叫做华谊兄弟嘛，外国又有 Warner Brothers。”孙姐提议，“不如我们就叫华谊姐妹，Warner Sisters 吧。”

“那么麻烦，”麦超摇摇头。

“不如干脆叫‘OMG’吧。”

“Oh My God?!”

麦超摇摇头，看看在下面乱蹦乱跳，吵着闹着的女孩们。

“Oh My Girls!”

孙姐有点怀疑，“My Girls，My Girls，听着好像卖女儿一样。”但看麦超坚持，只好顺老板的意思，“都不错呀。”

“好了，别闹了，都给我听着。”孙姐拍拍手，向楼下的女孩们训示：“从明天开始，我要将你们升级。在这段雪藏的日子，你们会接受密集训练，全方位提升你们的实力。我要你们再出来的时候，不再是没头没脑，只会穿个低胸短裙，给人家拍拍照的女孩子。好了，现在回去你们的房间，收拾好行李就洗洗睡，准备明天开始的特训。你们睡哪一张床，先到先挑。”

女孩们一听见孙姐说床位是先到先挑，马上争先恐后，抓起自己的行李就往楼上的女生宿舍冲去。

女孩们一看见缤纷梦幻少女风格的女子宿舍里到处放了些可爱的布偶和摆设，就像小孩看见了糖果屋一样开心。

房间大约是五十平米那么大，一进房间的左边，用七张床拼成了一个圆形，下层四张床，上层三张床，床边的地毯上堆放了许多又大又鼓的靠垫，让女孩随时可以席地而坐。

“这张床是我的。”楠楠俯身扑到下层靠里面的一张床。

“我喜欢睡上层。”淼淼快手快脚，占据了上层的一张床。

房间的右边放了一张长方形的大餐桌，女孩们可以在这里吃饭和化妆。餐桌的两旁，一边一排大衣柜，一边一面大镜子和梳妆台，台上已为女孩们准备好了琳琅满目，各式各样的化妆品。

女孩一注意到那梳妆台都乐坏了，像疯子一般扑过去，争着试新的眼影唇彩。

“哇，这里还有阳台呢。”沛坚打开了房间尽头阳台的门，一阵凉风吹来。

麦超隔着房间的落地玻璃，像看金鱼一样清清楚楚看着女孩们在这女子宿舍内的情况。

“我还以为你另外找了住的地方给她们呢，不过这房间真的不错，不过好好一个女孩的房间，不弄一个实墙，却弄块透明玻璃，是什么意思呢?”麦超忍不住惊叹眼前青春美好的景象。

“这都是方便工作嘛，还有好好看着她们，不让她们有不良习惯。”孙姐看着眼前自己的杰作，忍不住得意，“只有完全掌握艺人的一举一动，经纪人才可以真真正正、完完全全地对她们有深入的了解。”

“是不是很赏心悦目呢?”孙姐蛊惑阴笑，斜看着麦超。

“原来那些八卦杂志说的都是真的，”看孙姐难得放下严肃面具，麦超也奉陪，跟她闹着玩，“原来——你真是变态的。”

不风光的旧事被重提，孙姐抿抿嘴，瞪了麦超一眼。

“谢谢，超哥。谢谢，孙姐。”女孩们站在女子宿舍门口，齐声答谢麦超和孙姐。

“不用谢，这些都是公司先垫款，以后会在你们的报酬中扣除。”孙姐还是不忘摆经纪人的架子。

“好了，好了，以后就乖乖听话，多赚点钱报答我。”麦超被哄得心都甜了，软了，又有点难为情。

“那我们先睡喽。”楠楠说着，按下了门边一个按钮。

落地玻璃两侧的窗帘缓缓合上，原来玻璃后面装了电动窗帘。女孩们一直挥手向麦超和孙姐道晚安，窗帘直接完全合上。

窗帘合得一道缝都不剩，没好戏看了。

“不过我还有一个问题。”麦超说，“这里的装修都不错，可是为什么我房间的装修却原封不动，一点也没变过的呢？”

“哎呀，你不喜欢吗？我就是怕你不习惯，特别要求装修师傅要好像保护文物一样，把你以前的办公室在这里100%还原。”

麦超知道孙姐如此苦心，差点被气死。

孙姐精心安排的装修当然不止女子宿舍和麦超的办公室，还有一楼中庭旁边放着的一个无遮无掩的浴缸。

这夜，麦超泡着泡泡浴，还矫情地洒了一池的玫瑰花瓣，喝着杯中红酒，抽一口雪茄，看着新公司的招牌——“天脚底娱乐文化有限公司”，幻想着自己成为一代娱乐大亨，忍不住忘形地哈哈大笑。

第二天，训练开始。训练的第一堂是歌唱课，女孩们在一楼中庭上课。

歌唱导师一身歌唱家的造型，看来似乎相当专业。

“大家好，我是你们的歌唱老师，林老师。”

女孩们跟着导师做开声运气练习，逐一试唱高音，却是个个唱到走音气绝，简直不堪入耳，只有阿梦可以唱到最高音。

“唱歌要用丹田，而丹田大概就在肚脐下面三只手指宽的位置啦。”导师把三根手指并拢横放在肚脐下。

“唱歌最重要就是能唱 Live，要唱 Live 第一件事就是要‘拉阔’自己的喉咙，扩阔自己音——域！唱出广阔的音域就得先张开嘴巴，口要张得够大，标准是嘴巴可以放进三只手指，好，大家跟着我做。”

“我不客气了。”导师把口张大，把三只手指放进去，“看，这就叫标准了。”

女孩们跟着示范照做，将三只手指放进嘴巴，尝试发出“呀”的音，练习扩宽音域却痛苦万分，不是嘴太小放不进去，就是咬到手指，再不然就是窒息咳嗽。

“啊——”传来了阿梦的声音，其他女孩都看傻了眼，拍起掌来，赞叹不已。

麦超在楼上看着，也试着跟着做，但手指放太深，差点变成了扣喉，反胃呕吐。在他旁边的孙姐都不屑再看这傻老板，皱着眉走开了。

早上歌唱课，下午就上跳舞课。

牛河和几个大男孩将中庭一面活动墙反过来，原来内有乾坤，墙的后面是很多块练舞用的镜子。

七个女孩也换上了运动装，在中庭等着她们的跳舞导师。

穿着镶满闪片的紧身舞衣的导师终于出现了，竟然是早上教唱歌的林老师，只不过是换了个造型。

“大家好，我是你们的跳舞导师 Ronny！”导师情绪高涨地走了进来，说罢还摆了个舞者的 pose。

“又是你?”沛坚忍不住问。

“我觉得一个人有两种才华不算很多呀。”导师耸耸肩。

“一个人教两门课，算多少个人的钱?”在旁观看的麦超也忍不住问旁边的孙姐。

“当然是两个啦，教两门课嘛。”

“Music！”导师打了个响指，在一旁的牛河按下音响的开关，播放音乐。

“大家预备，”导师一个华丽转身，和女孩们一起面向镜子，“跟我一起跳，1、2、3、4，5 、6、7、8……”

女孩们跟着前面的导师跳舞，跳了好一会儿却还是跳得乱七八糟，完全跟不上拍子，全部手脚不协调，看得一旁的麦超和孙姐都觉得惨不忍睹，牛河几个人也看傻了眼。

女孩们跟不上拍子，有些就敷衍了事，有些索性乱跳一通，自己在玩。

“认真点，不是玩呀！”麦超叮嘱女孩。

“我很认真啊！”楠楠回嘴，“不过太累了，我要去休息啦！”

“喂，你去哪儿呀？”

楠楠任性地转身就走，懒得理麦超在身后叫她。

“我觉得好难啊！”马丽莲娇嗔道。

“你觉得很难？我觉得很容易呀！”麦超走到镜子前，牛河等人也默契地跟上，摆好阵式。

在麦照的领头下，这班小流氓竟跳起了刚才导师教的舞步，而且跳得有板有眼。

“1、2、3、4，5 、6、7、8……”

女孩们看着，好像看精彩的表演一样，高兴地拍起手来，不知反省。

“你们还拍掌？”孙姐终忍不住要开骂了，“你们看看，这下三滥的人也可以跳得比你们好，做明星不是光做梦，还要有实力的。”

女孩们都被骂得低着脑袋，刚才的嬉皮笑脸都一扫而空。

这时候，楠楠又不吭声地走了回来，直接就把刚才导师教的舞步一步不差地跳了一遍，还多加了几个令人惊叹的自创舞步，导师也看得呆住了。

“我不是做不到，而是不知道为什么要做这些！”楠楠不服气。

“不是吗？他算有实力了吧？”淼淼转身问导师，“你一个小时的学费多少钱？”

导师还没答话，付钱的麦超比他更清楚。

“两千！”

“他那么厉害，也只是两千而已！”沛坚不敢相信。

“他红不起来，当然有他的问题，譬如没样貌、没气质、没观众缘、八字不好、没有超级经纪人，也没有超哥这个档次的经纪人帮他。”孙姐故意走到麦超旁边，将他拉下水，以示同一阵线。

现场已没人在意导师的感受，难为导师已难堪得不知如何自处。

“你们自己说，你们怎么对得起超哥的苦心栽培？”孙姐捶胸顿足，深表痛心，然后做泄气状。

女孩们登时都闭了嘴。“我真不知道该怎么教你们了！”孙姐转过来，向麦超请罪，“对不起，我没用，我——做不下去了！是我辜负了你！”说罢又故作意兴阑珊地转身。

孙姐演技一流，居然借七个女孩的懒散以争取自己的条件。

“喂！我们又不是内行人嘛，”麦超把她叫住，“惯坏了她们，你接手，不要走，好吗？”

背对众人的孙姐知道自己的演技奏效了，偷偷一笑，便正色转个身来说：“好呀，那以后我说了算。”

孙姐看看女孩们，“继续练呀，今晚练不好就没饭吃，再练不好就不许睡，继续。”

“好了，女孩们，大家再来一次！”导师打了个圆场，“1、2、3、4，5 、6、7、8……”

女孩总算认真起来，麦超看着已走远的孙姐的背影，自知自己真是找对了人，回头想跟牛河说话，却发现牛河一直默默留意着阿花。

经过一天的特训，女子宿舍里躺着七个累坏了的女孩。

“哎呦，累死我了，现在孙姐来了，什么都那么严格，又要上课训练，好辛苦呀。”娇气的楠楠抱怨道。

马丽莲不停地在吃零食，犒赏自己白天的辛劳，风纪队长杜颂急忙维持纪律，提出劝告。

“孙姐说，禁止吃垃圾食物的。”

“别烦了，吃了她也不知道啦。”马丽莲把一块薯片放进嘴里。

淼淼“啪”一声开了一罐可乐，喝了一口，满足地吐了一口气。

“孙姐说，喝这个会胖的！”杜颂转移啰嗦的目标。

“我们是来做明星的，不是来坐牢呀！做明星就是想怎样，就怎样，不是这样不准，那样不准的。”

这时候，大门被轻轻推开了，女孩们以为是孙姐超哥来巡查，赶紧把手中的违禁品藏起来。

“女孩们！”牛河笑嘻嘻地从门缝探出头来。

女孩们一看不是孙姐的超哥，马上松一口气，

“吓死我们了。”阿梦抓起枕头向牛河扔过去。

“别生气嘛，Let’s Party！”牛河和三个好兄弟穿上了睡衣，每人都提着一大袋零食和啤酒，走进了女子宿舍。

薯条打开了音响，调大了扬声器，劲舞派对的音乐随之响起，色拉还弄来了一盏 Disco 的镜面球灯制造气氛。

这场睡衣派对由多士拉响了一个彩带响炮拉开序幕，每个人都玩疯了，女孩们把孙姐的训示都抛诸脑后。

墙上挂着孙姐定下的规定，女孩们全都犯了。

“禁止喧哗”——众人一起高声欢呼。

“禁止喝酒”——女孩们大啖啤酒，互相碰杯，开怀畅饮。

“禁止垃圾食物”——女孩们狂吃零食，薯片和巧克力轮流入口。

至于“禁止男生入内”和“晚上十一点前必须熟睡”当然就不用说了，正当大家玩得正高兴的时候，没人知道楼下公司的大门被打开了，一双大脚正以沉重的脚步走进大门，慢慢踏上楼梯，走上二楼。

拿着手电筒的麦超，就如一个夜更保安。

二楼女子宿舍，仍是歌舞升平，畅饮欢聚，其乐融融。

麦超一步一步靠近，走到了女子宿舍门前，把手放在门把上。

门一打开，房内竟是一片漆黑，女孩们都乖乖睡在床上，牛河几人不知所踪。

“刚刚为什么那么吵？”麦超问。

“没有呀，哪里有声音？”淼淼揉着眼坐起来。

麦超还是疑心，用手电筒照进房内。亮光扫过梳妆台，把躲在下面的薯条吓个半死，出了一身冷汗。

多士和色拉躲进了衣柜，不敢有半点动静。

牛河则躲进了阿花的被窝里，麦超拿手电筒照着，在黑暗中点算人数。

“1、2、3、4、5、6、7——8？”麦超奇怪怎么会多了一个，心想可能是数错了。

“1、2、3——”

阿花马上把牛河的头塞进被窝里抱住，假装抱住了一个枕头在睡。

“4、5、6、7，嗯，这次对了。”

阿花和牛河都松了一口气。

“我跟你们说，我发觉牛河他们几个有点古怪，我怕他们来打扰你们，所以回来看看，我看他们还没来，为了安全，我在外面门口守住，保护你们。有超哥在，你们不用怕。”

“什么？”淼淼说完才知道自己的反应有点大，只好马上转口风，“他们那么坏呀？不过超哥你也要休息的，我们会自己保护自己的。”

“对，对，超哥你回去休息吧。”其他女孩附和着，只想麦超快点走。

“没关系，超哥挺得住。”麦超坚持，“好，今晚超哥就在门口守住，保证一只蚊子都飞不进来，你们放心睡吧。”

锁好了女子宿舍的门，麦超搬来了自己办公室的椅子，一屁股坐下，交叉双手，就像一个称职的保安。

房间内，薯条、色拉和多士从梳妆台和衣柜里走了出来。

阿花拉开被子，才发现和牛河的鼻尖只差几公分的距离，想起刚才惊险又香艳的一幕，两个人一阵脸红耳热。

大家想到麦超就守在外面，无奈被困，想尽办法逃走。

“要是明天超哥看见我们，一定会杀了我们。”多士压低声音说。

“或者是把我们阉了。”色拉轻声提出另一个可能的处罚方法。

“不如从阳台爬下去。”薯条提议。

大家走出阳台，往下一看。

“我有恐高症。”牛河先投降。

“我也是。”色拉、薯条和多士同声说。

“我看，我们还是等死吧。”牛河点了根香烟。

日光走进了整个办公室，叫醒了麦超。他伸一伸懒腰，擦一擦睡眼，起来把女子宿舍的门打开。

门一打开，麦超一时呆住了，说不出话来。牛河他们几个一一从女子宿舍走出来，怯怯地经过他身边，怯怯地跟他说早安。

“超哥，早，我……我们先去开工了。”牛河假装什么都没有发生。

“超哥，早。”多士说。

“超哥，早。”色拉说。

“超哥，早。”薯条说。

麦超看着牛河四人走过，再看看门锁，昨晚明明锁上的，想不明白又气得说不出话。他越想越气，二话不说，回自己的办公室拿了根棒球棍。

“你们几个别走!”麦超追上去，牛河几人马上如鸟兽散，狂奔逃跑。

爱情这回事，来的时候挡都挡不住。

楼梯下，有一对互相依偎的男女倒影。

在二楼的麦超蹑手蹑脚地向那对倒影慢慢靠近，就怕惊动了倒影的主人。

倒影的主人原来是牛河和阿花，两人在喁喁细语，谈情说爱。

“阿花呀，你有没有听过一部电影，叫《德州电锯杀人狂》呀?”

“有呀，我好想看喔，听人家说这部电影很浪漫的。”

“不如我看一下我们有没有缘分，你把手掌给我，我检查一下你的缘分线。”

阿花把手掌给牛河看，二人陶醉在二人世界，甚至连麦超就在身后都不知道。

麦超气得快要着火了，二话不说脱下脚上的拖鞋，大力向牛河砸过去。

“哪个王八蛋扔老子了？”牛河痛叫。

“他妈的我花那么多钱栽培她们，是给你来泡的吗？”麦超的口吻俨如一个爸爸看见自己的女儿被一个臭小子用花言巧语哄骗，唯恐自己的女儿被占便宜了一样火大。

牛河一见是麦超，马上噤声。

“还有你呀你，你要拍拖都挑个好一点的嘛，用得着那么博爱吗你？牛河这东西一没胆识，二没见识，三不出色。”麦超狠狠教训阿花，把牛河批评得体无完肤。

阿花也不敢回嘴，默默挨骂。

麦超跑上二楼的走廊平台，拍拍手，大声宣布。

“听着，听着，我正式和你们宣布——”

在公司各处的女孩们都纷纷走到中庭，抬头看着麦超。

“我严禁我的艺人谈恋爱！”

女孩们马上一阵喧哗。

“娱乐圈最忌讳的就是绯闻！孙姐很成功了吧？还不是因为痴恋那个剑龙，落了个身败名裂！”麦超大发伟论，不知孙姐早已出现在他身后。

麦超说得激动，来回踱步，孙姐就亦步亦趋，两人之间只仅留下一点距离，却还没有让他发现她的存在。

在楼下看着的女孩们看着一切，不断向麦超打手势，示意麦超别再说下去了。

“干什么狂挥手摇头？我这人一向不喜欢说人闲话，不过也不知道为什么，说起她的闲话我就特别兴奋。”

孙姐仍然紧跟在麦超身后不作声，就成全他说个痛快。

“她嘛，在家安了一块单向玻璃偷窥男人的！还趁着人家不在家，潜进人家家里，在人家的床上滚来滚去，嗅人家留下的男人味呀。”麦超越说越起劲，在后面听着的孙姐的脸色也越来越难看，“哇，自从她来了以后，你们都不知我有多小心，把衣服、裤子、鞋子、袜子都藏起来。”

女孩们一起指着麦超后面的孙姐，但麦超还是没会意。

“她这种病，应该叫做男人味饥渴癫狂症！”

麦超说得起劲，一回头，惊见孙姐就在他身后。

“那请问怎么样才能治好我的病了?”孙姐冷冷地问。

“我刚刚患了诋毁性口舌溃烂症，绝症啊！小心点，别靠我那么近，会传染的。”

麦超装作若无其事地走开，走到转角处脸就开始发青，抹了一把冷汗，怕得腿都软掉了。

女孩们看见麦超的窝囊相，都笑作一团。

孙姐则是懒得理他，心想君子报仇，都十年不晚，女人报仇，麦超你就走着瞧吧。

麦超这个老板实在是一等一的好，全情投入栽培旗下艺人，连艺人们的零食这等生活琐事，都亲力亲为，照顾周到。

零食店中，麦照提着的购物篮已满了一半，但他还是继续往篮子里放着一包又一包的零食。

“楠楠喜欢这个，阿梦最爱这个……”

货架的另一边，传来一个外国男人的声音。

“I want this, and I want that。”

“乖乖听话，你 want 什么我都买给你。”

那听来熟悉的女人声音，惹来了麦超的好奇一看，怎知一看，就面色大变。

麦超看见的是好久不见的女友大凤正挽着一个外籍少男，他马上绕过货架，冲到二人面前。

“哼，你这女人也算是不守妇道了，被我撞到你偷吃，还要那么国际，吃西餐?”

被撞破的大凤没有回避的意思，就大方地站着。对于麦超的指控，大凤只是不耐烦地翻了翻白眼回应，完全没有半点内疚惭愧。

“人家样子比你帅，身材比你好，重点是比你嫩。”大凤竟说得理直气壮。

“那就是玩小白脸啦。”麦超气极。

“你也玩小女孩呀。”

“我说了多少遍呀，大姐，那些女孩是我的伙计，我跟她们没什么。”麦超澄清。

“呵，那就更白痴！哪有人替伙计买零食的?”大凤不屑地说，“怎样都好，我是不信你和她们没什么，所以我就预先跟他有什么了。原来呢，吃西餐花样很多，也蛮好玩的!”

“我真的蛮好玩的!”外籍少男还溜上一句带着口音的普通话来自夸。

绿帽子扣到脚后跟去了，麦超气得握紧拳头，额角青筋暴现，“有种你再说一次!”

“不用理他，我们走!”大凤根本没在怕，没放麦超在眼里，拉着她的小男朋友绕过麦超。

“走慢一点就宰了你。”麦超向大凤的背影喊着，其实也不过是死撑。

一个女店员走过，麦超把她叫住。

“美女，有什么零食适合刚刚失恋的人吃的?”

“巧克力呀，还有那边架子上的零食，都很有效的。”

“那给我把整个架子包起来。”失恋的麦超，难免有点沮丧。

被戴绿帽子的麦超回到公司，越想越不忿，边大步走进公司，边像老头子一样自说自话地碎碎念。

“哼！吃西餐花样多是吧，都没见过老子的真功夫，以为我真不敢偷吃?”

想着想着，麦超也觉得自己怎么那么笨，当初收这些女孩回来的时候不是也在动坏脑筋吗？什么时候把歪念都忘了的?

“超哥。”楼上传来沛坚的声音。

麦超抬头一看，只见平日打扮中性随意的沛坚，只穿了一件松垮垮的大码男士白衬衫，露出了一双美腿，靠在二楼的栏杆上往下看。

“她们都出去了。”

白衬衫如迷你短裙般仅仅盖住了沛坚的屁股，从在楼下仰望上去，难免令麦超想入非非。

“这么晚了，我一个人有点害怕，你上来陪我好吗？”沛坚边说边交换了一下脚的位置。

麦超心头一震。

女子宿舍内，麦超和沛坚并肩坐在床上。房间没有开灯，只有阳台外的月光与街灯照进房间。

“怎么不开灯？”麦超想站起来，却被沛坚拉住。

“不要开，我有话想跟你说，太亮的话，我会害羞，说不出口的。”

麦超心里又泛起一阵涟漪，不自在地坐了下来，一低头看见了沛坚那光溜溜的大腿更加拘束了，视线一时都不知该放在哪里。

“超哥。”

沛坚这么一叫，麦超才回过头来看着她，但视线又慢慢不受控制地落到了她胸前的第三颗钮扣上。

沛坚身上的男士白衬衫只扣到了第三颗纽扣。

麦超无法控制自己的脑子不去想象白衬衫下的风光。

“其实我一直都想感谢你，是你把我从那些乱七八糟的地方救了出来，给了我一个充满梦想和希望的未来……”沛坚忽然抓住了麦超的手说。

突如其来的身体接触让麦超吃了一惊，视线开始不好意思地游移，但没过两秒又落在了沛坚的第三颗纽扣上。

“你有这样的事业线，将来事业一定会很好。”

“其实我……真的想好好地……”沛坚慢慢靠近麦超的耳边，“特别地报答你。”

麦超可以感觉到耳边有一股温暖的湿气，沛坚轻轻地牵着他的右手。

“你觉得怎么样?”

“感觉良好。”麦超原来紧张僵硬的身体，因为沛坚的另一只手在他的身上温柔地游走而渐渐骚软下来。

麦超的右手从被动变为主动，反过紧握住沛坚的手，但在同一时间又有另一只手从他的左腰间伸出来搂着他的腰。

当沛坚把她那被自己握住的手轻轻抽出来时，麦超又感觉到有一只手轻扫着他的后颈。

“可是，我觉得你有好多只手。”麦超有点狐疑。

“我的手快，是你的幻觉。”

穿上黑衣的女孩们和孙姐隐藏在黑暗中，躲在麦超的身后，静静地伸出手来在他身上摸索。听见麦超有些怀疑，马上把手缩了回去。

“哇！如果这个是幻觉，那我情愿死在幻觉里。”

黑暗中，淼淼和楠楠各自伸出手解开麦超上衣的纽扣。

“可是，我又害怕。”

“什么？不是吧，你现在才害怕？”

“我觉得不是太好吧？”沛坚故作吞吐，“我怕……会犯规。”

“犯什么规呀？”

此时，麦超的上衣已被脱去，赤裸上身，阿花以纤细的指尖扫着麦超的胸口，令他有种说不出的快感。

“你说过，我们是不允许谈恋爱的。”

“我什么时候这样说过？”麦超享受着被抚摸的欢愉，都忘了自己曾经说过什么，“你千万别听我胡说呀！我口不择言的，全人类都知道的！”

麦超已欲火焚身，对七个女孩的手同时在他身上摸来扫去丝毫没有察觉。

“真爱，是不应该被禁止的！”麦超说得义正言辞，理直气壮。

“你刚刚说什么？”孙姐的声音在黑暗中厉声一问。

“真爱……不应该被禁止呀。”麦超一时还搞不清楚状况，怯怯地重复了一遍刚才自己说的话。

“喔！”女孩们指着麦超，终于抓到了他说话不算话的证据。

灯忽然亮了，麦超这才发现原来房间都是人，七个女孩和孙姐就围在他身边，顿时吃了一惊。

“生日快乐！”孙姐笑着说。

“今天我生日吗？”麦超反问。

“我才不管你哪天生日呢！”麦超还没反应过来，孙姐就使劲地把一个奶油蛋糕拍在他脸上。

“神经病呀你！”麦超开始反击，将脸上的奶油抠下来，往女孩们的脸上抹。

就这样，孙姐对麦超的报复，演变成了一场大伙儿玩成一团的大混战。

麦超面对着桌上孙姐拿回来报销的海量发票，一手按着发痛的额头，一手逐一签字，签到手软。他一抬头看着前方就皱眉，“这东西是不是一定要放在这里呢？”

麦超口中的“这东西”是面前一座巨型的紫水晶石山，就放在他办公桌的正中央，大得刚好把面前的孙姐遮住，弄得每次和她说话，他都觉得自己在对着一个山洞自言自语。

“哎呀，大师说呀，这水晶放这里是最好的。我可是很辛苦，托了好几个人才求回来的。”孙姐拨了拨桌上的发票，找出其中一张，“这张是买这水晶的。”

“哇，你的应酬费用得着要二十几万一个月吗？”

孙姐只忙着用 iPad 看娱乐新闻，看都不看他。

“没有，只是上个月有一间电影公司二十周年庆典，我帮你拿了二十万出来让他们抽奖。”

“那这几个月呢？”麦超随手抓起了一叠发票，在孙姐眼前扬了扬。

“我去吃饭的时候碰巧遇上了一个导演的老爸做大寿，就顺便把他的单也买了，十几桌而已呀。”孙姐依旧说得轻描淡写。

麦超深深地叹了一口气，无奈地继续签。

这时候，孙姐的手机响起来。

“喂，是，监制。”孙姐应道。

听见“监制”两个字，麦超马上竖起耳朵。

“哦，电影当然可以谈呀，哦，不过不是女一号我们是不接戏的……当然要七个一起用，最好是影帝……你考虑一下，再见。”孙姐挂了电话。

“你不是那么大牌吧你，大姐。”麦超激动得从椅子弹了起来，“她们只是新人而已，还要七个一起做主角？

你叫人家拍《雪姑七友》呀？就算是，也没理由要影帝演白雪公主呀！你说说，我哪天才能回本？你说！”

“要不是你把她们的形象搞得那么差，我用把她们雪藏那么久吗？”孙姐把责任归咎于麦超。

麦超无话可说，无奈地坐下。

“还有几张发票！签了它！”员工比老板更凶。

孙姐继续看她的娱乐新闻，一则关于剑龙的消息一下抓了她的眼球。

“喂，还有她们的导师是不是该换一个，好像……”

麦超发觉水晶山后面的孙姐没答理他，一点动静都没有，就侧过身看了看她，才发现她进入了失神状态。他瞄了瞄她手中的 iPad 上的娱乐新闻的标题——“奥斯卡名导来港与剑龙谈合作”，便心中有数。

孙姐回过神来，故作若无其事地起身走出了麦超的房间。

“喂，我都没说完，你去哪儿？”

孙姐还在恍神，根本没听见麦超在叫自己。

高级酒店的地下停车场，坐在名贵跑车里的剑龙不时看看表，等着那比他还大牌而且还爱迟到的新经纪人Tina。

和好莱坞导演见面的时间已经过了十分钟，剑龙等得心急如焚。

头戴一顶巨型大花帽子的 Tina 终于招摇过市地出现了，每次她的出现都比她的艺人更引人注目，更花枝招展。

“我等你大个半小时了！哪有经纪人比演员还要晚的？”剑龙远远看见了 Tina 就马上下车，着急地向直通酒店咖啡厅的电梯走去，“快点啦，导演等着呢！”

“对不起嘛，我——我扭到脚呀！”穿上了四寸高跟鞋的 Tina 还在狡辩，原来好好走着的她，马上装脚痛，一拐一拐地追上剑龙。

和好莱坞导演见完面以后，剑龙和 Tina 一起到停车场取车，二人边走边聊。

“刚才咱们迟到了那么久，这个好莱坞导演还是非让我当这部片的主演，这足以证明他对我功夫的喜爱！”剑龙有些沾沾自喜。

“我想他一定是你的粉丝！”Tina 抓紧机会拍马屁。

“是吧，你也看出来了吧。”

“当然啦。”

“等等，不对呀。”剑龙一转念，想起了档期的事，“这部片子跟之前谈的那部法国片正好相撞呀！你快点帮我想想，我应该拍欧洲的还是应该拍美国的？”

Tina 思索了一下，“美国有美国的好，欧洲有欧洲的好！”

Tina 的话说了等于没说，可以归类为废话。

“你是我经纪人呀，你应该替我作出分析，替我作出选择呀，OK？”剑龙忍不住生气，“换了是以前小孙，她一定会给我最好的建议的。”

Tina 听见剑龙又说旧人好，心里很不爽。

突然，一个手持西瓜刀的人从柱子后面跳了出来，把刀子架在剑龙的脖子上。

“抢劫！”

Tina 见状，马上尖叫一声，本来扭到的脚也好了，一下子变身成百米跨栏运动员，快速逃走。

“喂——”剑龙气得要死，但脖子架在刀锋上也动弹不得。

抢匪认出了自己正在胁持的就是武打巨星剑龙。

“剑龙？嘻嘻嘻，你很能打的嘛！看是你的拳快还是我的刀快！”

“兄弟……当然是你的刀快。”抢匪看起来好像有点精神不正常，剑龙心想还是别逞强，好汉不吃眼前亏。

“呀——出口在哪儿呀？呀！”又传来了 Tina 聒噪的

声音，惊慌到找不到出口的她在停车场乱跑乱叫。

剑龙和抢匪看着莫名其妙的她，都摸不着头脑。

“妈的，这疯子是谁呀？”抢匪问剑龙。

“我……我……经纪人。”剑龙也知道这经纪人实在太失礼了，自己都不好意思承认。

抢匪也摇摇头，在对剑龙表示同情后他忽然灵光一闪。

“跪下！跪下！举起双手！”

剑龙人在刀下，只好无奈就范，抢匪掏出手机，把镜头对着他，拍下他被刀架颈的样子。

“哈！先拍张照！”

剑龙马上本能地挡住脸，“喂，别拍别拍别拍，兄弟，你抢劫归抢劫，你别拍我，行吗？”

“我是你超级粉丝耶！”

“那你还抢劫我！”剑龙觉得这人太荒谬。

“今天是我第一次抢劫，比较紧张，被抢的还是你，你说是不是值得拍个照留念？来，合作点，来张合照。”

“看看镜头呀。”抢匪举高了手机，和剑龙脸贴脸，也不理剑龙千万个不情愿，自拍了一张和剑龙的合照，拍完以后，还看了看照片，确认拍得不错。

“好！还是先做正经事！”

抢匪看看自己，一手拿刀，一手拿手机，好像腾不出手来拿东西。“喂，可不可以替我拿着刀，我拿点东西。”

剑龙一愣，心想这真是一个笨贼，他马上接过西瓜刀，正想趁贼人低着头不知在裤子口袋里找点什么的时候起来挥刀反抗时，贼人突然掏出了一支手枪指着他。

剑龙立即停手，不敢妄动。

“喂，我叫你替我拿着刀是因为我没手拿枪呀！快把钱拿出来！”

剑龙无奈把刀丢下，摸了摸身上的口袋，好不容易掏出了几十块钱。

“你堂堂一个大明星，只带几十块出门？你耍我吗？”抢匪觉得被耍，更火大了。

“出口在哪儿呀？”仍然找不着出口的 Tina 这次从反方向跑了回来了。

剑龙实在受不了了，把仅有的几十块放在抢匪手里，恳切地请求他：“兄弟！你帮我一枪杀了那个女人，钱我都给你！我求求你啦，我受不了啦……”

抢匪也同意 Tina 该死，转身举起手枪朝 Tina 的方向开了两枪，接着回过头来继续抢劫剑龙。

“跪下！举起双手！”

剑龙只得照办。

“嗯，这手表不错！”贼人说着，就强行把剑龙手上的名表脱了下来。

“兄弟，这表是赞助商借我的，”剑龙求情，“我要还的！”

“再说我一枪毙了你呀！”

拳头难敌火枪，枪口之下，再能打的剑龙也只可以任人鱼肉。

福无重至，祸不单行，原来被抢劫不算最倒霉的，更倒霉的事还在后头。

剑龙被劫的片段在网上疯传，功夫巨星的形象一朝破产。

在娱乐公司的会议室，看着短片网站上自己被抢劫的短片点击率不断上升，剑龙呆住了，脑海一片空白。

经纪人 Tina 仍然只懂乱叫，吵闹着走来走去，剑龙只恨昨天劫匪的手枪是假枪，对 Tina 开那两枪不过是打空炮。

“哎！剑龙，你知道吗？你这次真的完蛋了。你刚看了那短片没有？哇！你看着多窝囊呀！哇！我想你这次真是完蛋了！你知不知道？”Tina 不但没有安慰剑龙，还说尽打击的话，“怎么办呢？怎么办呢？怎么办呢？”

身为经纪人的 Tina，连解决剑龙这次形象危机的方法也想不出，还反问剑龙怎么办。

“你到底是不是我经纪人呀？”剑龙忍不住问。

“是！但是怎么办呢？”Tina 仍是那句话。

剑龙心烦极了，忍不住想起孙姐。他知道，现在能帮到他的就只有她了。

女孩们的特训、长训花样百出，天天无休。

孙姐费尽心机想把这七只小山鸡培养成凤凰，唱歌跳舞，礼仪谈吐，再学下去，大概只差插花茶道，如果女孩们用心学习，就算成不了明星也能成为一个才貌双全的女子，找户好人家把自己嫁出去应该不成问题。

这天，她们上的是戏剧课。

“大家好，不用多问，你们的戏剧导师也是我呀，这次我的名字叫秋生。”

“又是你？”楠楠说。

女孩们看见戏剧课导师和之前教舞蹈唱歌的竟又是同一人，立刻嫌没有惊喜。

“好，一个人有三种才华，又会演戏，又会跳舞，又会唱歌……”导师再次搬出之前的台词为自己辩护之余又自夸一番。

“可以了，老师，我们能开始了吗?”沛坚没耐性再听下去。

“演戏是要靠情绪记忆的。”导师只好直奔主题，“譬如，要你演一场哭戏，要马上流眼泪，只要回想一些伤心的往事，令自己找回当时的情绪。来，来，现在大家来试一下，回想你最伤心的那一次……”

女孩们各自回想令自己最伤心的往事，看来杜颂、阿梦、阿花和马丽莲可以组个开心少女组，她们的前半生似乎都幸福美满，没有什么值得垂泪的伤心往事，使劲想却也欲哭无泪。

一向自称会演戏的淼淼不甘零表现，努力培养情绪，脑中回想着各种曾经发生在自己身上的惨事，譬如在炎热的夏天，都快被太阳炙烤到蒸发掉的她，嘴唇干裂，好不容易拿来一罐汽水，迫不及待地要打开，想着下一秒就可以咕噜咕噜地一饮而尽时——“咔”，却把拉环弄断了。

“你说这是多么悲痛的人间惨事呀!”

淼淼“哇”的一声哭了起来，面容扭曲，捶心捣肺，演技浮夸至极，用力挤着眼，鱼尾纹都挤出来了，但仍没挤出半滴眼泪。

那边，千金小姐楠楠想起为了自己的明星梦和哥哥闹翻的一幕。

“你做明星梦，要去当明星，还不是要靠家里贴钱，靠自己？你这才是在做梦！”楠楠的哥哥对楠楠说下如此狠话。

“我不成功是不会回来的！”楠楠拖着行李走出了家门。

明明难过，明明委屈，楠楠却倔强地不愿让眼泪掉下来，眼睛都红了还只是抿着嘴，死撑着。她跟自己说过，要争气，不许自己为这件事哭，把哭的气力留下来努力。

当大家的注意力都落在演技浮夸的淼淼身上时，没注意到在一旁的沛坚默默流下了眼泪。

她想起了那一段曾经被抛弃的旧情。

“不要离开我！不要走！”沛坚趴在地上，抱住了负心男的腿，哭着哀求他不要走。

负心男挣脱开沛坚，拂袖而去，只留下沛坚伏在地上痛哭。

最乖的学生就是知道要学以致用。

沛坚决定试一把在戏剧课上学的情绪记忆法，用在和那个之前在 KTV 被她狠揍了一顿之后竟对她念念不忘的 IT 老板的约会上。

约会的地点是一间高档西餐厅的包厢。吃饭之前，两人坐在铺了柔软毛毯的靠椅上，靠着大大的丝绒靠垫，喝着香槟聊天。

“有人说一个女人一生中起码要遇上一两个坏男人，才能变得更坚强成熟，可是遇上他以后，我已经不再相信男人”沛坚哽咽了，“我想我已经不能再爱了。”

沛坚还故作难为情地别过头去，用指头轻轻点去眼泪。

女人的眼泪是征服男人最好的武器，当流着两行泪的沛坚心想自己的精湛演技肯定早就把 Gibson 俘虏了的时候，却听见了更厉害的哭声。

“Gibson 真的觉得你好惨，Gibson 从来没有遇过一个女人像你这么惨的。”

沛坚看 Gibson 哭得比自己更梨花带雨，都不知如何反应，连眼泪都凝住了。

“谁是……Gibson 呀?”沛坚正疑问着，Gibson 指一指自己。

沛坚忍不住翻白眼，心里暗暗骂着：“小子你是在耍老娘是不是？你不懂世间有个称谓叫‘我’吗？Gibson，Gibson？都没见过有人这么自恋，你干嘛不干脆用‘朕’?”

“Gibson 身为一个白手起家的宅男，知道要找到真爱很难的。不过自从 Gibson 被你揍完以后，心里面竟然有一种爱的感觉。”

沛坚的泪早就干了，反而 Gibson 却激动得嚎哭起来，经理经过包厢，往里面看了一眼，让沛坚相当尴尬。

“Gibson 虽然改变不了你的过去，可是 Gibson 可以给你一个生活无忧的未来。”Gibson 说着，居然情不自禁想吻她，却得到了沛坚一个巴掌。

“你想怎样？你不要太过分！”她瞪着他，但他还是一如以往，顽强地示爱。

“我爱你！”Gibson 得到了沛坚一个左勾拳。

“我爱你！”Gibson 又获得了沛坚一个毫不留情的右勾拳。

Gibson 锲而不舍，沛坚再也打不下去，起身要走，Gibson 竟扑到她脚边抱住她的脚不让她走。

“放开我！你放开我！”沛坚想挣脱开 Gibson，但眼前这一幕让她仿佛看见了过去被前男友狠狠甩掉的自己，一下子被震撼住了。

“Gibson 爱你！Gibson 真的爱你！Gibson 真的爱你！Gibson 好爱你，我爱你呀！”Gibson 还是痴心一片地说着同一句话。

沛坚怔怔地望着他，心里百感交集。

突然，沛坚的态度一百八十度大转变，她突然把 Gibson 按在地上，两人就似摔角一般扭成一团。

Gibson 反扑过来压在沛坚压身上，把自己的唇压在了她的唇上，征服了这个难以驯服的女人。

沛坚瞒着麦超和孙姐，和 Gibson 发展地下情，但却瞒不过日夜相处的好姐妹。

既然瞒不了，这天沛坚索性把好姐妹都带上去参加 Gibson 在他那豪宅举办的泳池派对，把她们都拉下水成为共犯。

风和日丽的一天，连日困在公司接受训练的女孩们来了个大解放，换上五彩缤纷的三点式泳衣出现在游泳池边。

风纪队长边在女孩们身后唠叨着，边拼命在身上抹防晒霜，还叮嘱大家要做好防晒措施。

“你们也快来抹点防晒霜，要是晒黑了，被孙姐发现我们偷跑出来就死定了。”

“沛坚，你男朋友家里好大喔。”阿花不停地赞叹，女孩们好奇地张望各处。

“可是为什么还不见你男朋友，是不是这里太大，他要打车过来？”

幸福这回事有时就是建立在别人的羡慕妒忌之上的，看着好姐妹一脸的羡慕，沛坚陶醉着，都忘了进屋之后都是佣人在打点招呼，还没见男友现身。

“哦，说得也是。”沛坚这才想起来，四处喊着男友的名字，“Gibson，Gibson，你在哪儿呀？”

忽然，一阵强劲节奏的音乐响起，泳池中央升起了一串串气泡，女孩们凝神屏息地盯着水面看，冷不防地，Gibson 从水中露出头来，来了个耍帅的出水芙蓉，甩了半天的水花。

“Hi，不好意思，甩得久了点。”Gibson 用浓重的鼻音向女孩们打招呼，“Gibson 还叫了几位身材比较逊色一点的朋友来，你们不介意吧？”

Gibson 话音刚落，三个一身健美肌肉的型男在泳池两边走出来，带着灿烂的笑容，挥手出场。

“Hi，美女。”

“Hi，你好。”

女孩们看见三个型男毫不矜持，失控地尖叫连连，叫声的分贝随着她们的视线把型男们从头到脚地打量一番而逐步提高，当视线落到型男们的腹肌以下，低腰裤头以上的人鱼线上时达到最高点。

女孩们只顾与型男们眉来眼去，几乎忘了那位五短身材的主人家，难得的是主人家心理素质良好，没有丝毫被忽略的不悦。

“其实 Gibson 今天叫大家来不是开派对，而是帮北极熊筹款，要拍一本慈善人体写真，要你们帮忙，是要脱光的喔。”

“我们不可以脱光的！”杜颂马上抗议。

“要脱光的不是你们。”Gibson 派发定心丸。

原来 Gibson 是叫女孩们来帮忙当摄影助理的，女孩们被迫手拿风扇和反光板，真的只是在帮忙，一个个满脸的不情愿。

强劲的节奏下，一支专业拍摄团队为 Gibson 和型男们拍照，Gibson 自恋又自我陶醉，通过慢镜头，他从水底冲出水面，水花散落，摆出不同的 pose。他身后几个型男也给他当背景，在水中如跳花样游泳般整齐地摆出一系列 pose。

女孩们看见型男的表演都花痴起来，扔掉手上的东西，跳到水里去和型男就地取材来了个泼水狂欢。

狂欢过后，女孩们懒洋洋地躺在沙滩椅上晒日落的太阳，有一句没一句地互相搭话。

“快天黑了。”杜颂说。

“嗯，是喔。”阿梦应道。

“我们是不是该回去了?”阿花问。

“是喔，孙姐说过不许我们晚归的。”马丽莲说。

“对喔，可是我现在就想睡觉啊!”楠楠说。

“这么巧，我也是啊。”淼淼说着说着就睡着了，谁都没有动身离开的意思。

在一旁的沛坚与Gibson温馨对望，享受着二人世界，池畔树下，卿卿我我。

“沛坚，你喜欢我什么?”

Gibson忽然问了个原本该是女方问的问题，沛坚一时也答不上，临时胡乱编了个答案。

“我喜欢你……帅喽。”

向来对自己外形自视甚高的Gibson点点头，不但没怀疑，看来还相当满意这答案。“还好，我最怕女人喜欢我的钱。”

沛坚看看Gibson，但笑而不语。

在娱乐公司门口，麦超如严父般板着脸，看一看表，时间已过晚上十一点。他呼吸沉重，交叉双手，正对着门口坐着，等着深夜未归的女孩们。

一阵叮叮当当的钥匙声。

麦超的呼吸声更加沉重，已做好准备大骂女孩们一顿。

沉甸甸的大门被徐徐推开，但在门后的不是女孩们，而是一身酒气还捧着一瓶巨型香槟在猛灌自己的孙姐。

“Hi，超哥。”醉醺醺的孙姐傻笑着向麦超招手。

“哇，看看你，醉成烂泥一样，快坐下来！”

麦超马上起来想扶着步履不稳的孙姐坐下。

“你干什么啊？拿来，拿来，拿来。”麦超抢过孙姐手中的香槟，“你也真太不靠谱了！女生们这么晚了都没回来，你知道吗？”

“喂，要不要来点呀？”孙姐醉得一塌糊涂。

“你看看你！你这还不是因爱成恨？剑龙闯祸了，你那么开心？”

一听见剑龙的名字，孙姐像被戳到痛处，清醒了一点。

“你过来，你过来。”孙姐走到走廊上，站在挂满女孩的海报的那面墙前。

“干嘛？”麦超不明所以。

“你敢说你没喜欢她们？”孙姐走到沛坚的海报前，“这个吗？”

“这个那么壮，用来打架吗？”孙姐突如其来地一问，麦超也心虚得不知如何回答，只想回避。

“哎呀，你坐下啦!”麦超想拉孙姐过来坐下，但她却把他推开了。

“我知道，这个!”这次是杜颂。

“这个更糟！脑残！我从来都受不了脑袋进水的……”

孙姐不忿，步步紧逼，拉着麦超在女孩的海报逐一质问。

“七个女孩，你最喜欢哪一个？这个？这个?”

“我……”麦超被逼问得支支吾吾，“我——总之没你那么变态啦。”

“你不敢说!”

“喂，你不要再走过来了。”

麦超被孙姐逼得一步一步后退，一下失足，慌张之下双手乱抓，把孙姐也拉上一起摔了个大跟头。

孙姐整个人压在麦超身上，两人回过神来才发现与对方的脸近得只差一寸，鼻尖碰鼻尖，惊慌得齐声大叫起来。

世事就是如此，许多百口莫辩的误会都不过是一场巧合。就在麦超和孙姐两人以极端罕见的几率，抱着跌在地上成就了如此暧昧的瞬间时，女孩们不早不晚地回来了，撞到了这难得一遇的一幕。

“喔——”门外传来了女孩们惊讶诧异的叫声，“原来你们两个有奸情!”

两人看见女孩们看着自己，马上都大叫了一声，原来纠缠着的两个人马上如同两块同极磁石互相推开，弹出了几丈远。

众人在会议室集合，女孩们分别坐在了会议桌的两侧，麦超和孙姐在会议桌的末端，两人一左一右，把双手交叉在胸前，颇有慈父严母的架势。

他们想先撇清刚才的桃色误会，反正也说不清，就不如洗脑，逼迫目击者删除记忆。

“今天发生的事就当没发生过。”孙姐下令，态度强硬。

“没错，刚才只不过是你们脑袋里的一种主观想法而已，现在马上洗脑!”麦超则选择劝导感化。

绯闻交代到此完毕，他们两个一起将矛头转向晚归的女孩们。

“啊！对了！干吗那么晚才回来？啊?”麦超这时装腔作势，摆出一副严厉的经纪人的腔调。

“对呀，去哪儿了?”孙姐则是训导主任的语气，只差“老实交代”没说出口。

这对新鲜出炉的绯闻男女，你一句，我一句，齐心协力地训示女孩们。

女孩们你看我，我看你，似乎彼此间有着某种协议，面对逼供都闭紧嘴巴，摆出绝不出卖彼此的表情。

“我是不会说刚刚沛坚带了我们出去是和她那有钱的男朋友玩的。”阿梦很讲义气，可惜没脑子。

“我也答应了 Gibson，不会说出他的名字。”没脑子的不只阿梦，还有早就被批胸大没脑的阿花。

其他女孩都翻起白眼，沛坚想飞扑过去捂住两人的大嘴巴也来不及了，有两个愚蠢至极的好姐妹，泄密是挡也挡不住的，沛坚只好认命。

“随便和人家出去，要是被狗仔队拍到，肯定会乱写你们的啦！”孙姐气得连珠炮发，向女孩们一一扫射，“我这么辛苦雪藏你们的功夫全白费啦，你们脑子进水啦？”

“我们也只是出去玩玩，放松一下，有那么严重吗？”沛坚说。

“你们每天就知道让我们排练，闷都闷死人了。”女孩们也都沉不住气了，回嘴还击，楠楠当上先头部队。

“你就只知道帮我们推掉工作。”淼淼接力埋怨投诉。

“你们知道自己的形象有多差吗？知道现在找你们拍

戏的人要拍的什么戏吗?”孙姐要说出残酷事实了。

“她们有戏拍吗?”麦超紧张地追问。

“有！今天才有一部,《插班女学生》。”

“《插班女学生》? 校园片，讲插班生，很健康呀。”麦超分析戏路片种。

“是‘插’班女学生呀!”孙姐把动词加重语气来念让麦超自己意会。

“哇!‘插’女学生，那不行!”麦超说到那个‘插’字时，还紧紧眯了一下眼睛。

“昨天也有一部,《大滥交野公园》。”

“大榄郊野公园? 典型的香港旅游宣传片，很好呀!”麦超一而再，再而三地自作聪明。

“是‘大滥交’野公园呀!”

“哇，滥交当然不行!”

“前天那部啦,《大奶奶的咪咪》。”

“秘密? 推理悬疑片，蛮刺激的。”

“是奶奶的‘咪咪’呀!”

“哦，咪咪太隐私了，怎么可以!”

“说的不就是吗！这些片子哪能接呀? 大片呀，也都只找你们当群众演员而已。”

“那就是说我们努力了这么久，根本一点用都没有。”

杜颂沮丧不已。

“努力根本就没用，你根本就是在骗我们!”马丽莲说。

“其实你一心只是来混口饭吃，根本没想过要帮我们，是不是?”淼淼埋怨。

孙姐自问最初真的有来混口饭吃的心态，但这刻面对女孩们不信任的目光，心里却那么委屈，她知道自己早已不知不觉地非常用心地来做这班女孩的经纪人了。

女孩们都忍不住红了眼，都以怀疑的眼神看着孙姐。

“骗你们？现在给你们吃，给你们住，还让你们学这学那，你们吃什么亏了？这一行就是这样，机会只会留给有准备的人，但有准备的人也不一定有机会的。你们知不知道每年有多少新人出道，又有多少可以留下来。在娱乐圈里要成功，是靠三分努力，七分运气的，不然为什么那么多艺人那么迷信?”

“好，明天大家一起去拜佛!”麦超大声宣布。

孙姐想了想，想出了一个比迷信更科学一点的办法，“你们敢不敢赌一次呀?”

“我敢！你说!”麦超从来抵不住激将法，怕被人看扁，加上看见女孩们失落的样子，英雄感作祟，马上回答道。

“不拍戏，自己投资出唱片，拍超贵的 MV，在媒体天天不停地播，替观众们洗脑。”

“洗脑我最赞成，多少钱?”

“三到五百万而已呀。”

这可不是小数目，气氛一时间凝住了，女孩们都沉默了，等着麦超的决定。看着女孩们期盼的眼神，麦超没法儿让女孩们失望。

“我有!”麦超决定即使是硬撑，也要撑到底。

“三到五百万呀，你有?”孙姐没想过麦超会那么傻，想确认他不是一时意气。

“这个嘛……我有!”麦超犹豫了半秒，再次坚定信念。

“Yeah!”女孩们听见麦超的答案，一时之间也难以相信，先是楞住了，反应滞了后几秒后才破涕为笑，互相拥抱欢呼。

“我有信心，我们的运气来了，这次一定行!”麦超高举双手，振奋士气。

4

新计划开始。

既然要出唱片，当歌手，首先要做好的就是包装。

在商场的时装店里，女孩们排着队逐一走到站在衣架前的孙姐面前。

孙姐把衣服拼在女孩身上，按每个人的性格还有外型，为女孩们挑出合适她们的衣服。女孩们接过孙姐为她们挑选的衣服，一一走进更衣室。

当女孩们再次从更衣室里走出来，已经换了新形象，七个风格不同的女孩站在一起，已经有一个女子偶像组合的雏型。

“就这样吧，这一套穿着走吧。”站在收银台前的孙姐，一脸满意地看着自己一手打造出的女孩们的新形象。

麦超看看收银台上已堆成一个小山的衣服，咬紧牙关从口袋里掏出了一张信用卡。

“还有这些，这些是我自己穿的。”孙姐顺手把自己挑的一堆衣服又堆在小山上。

麦超呆了，张大嘴巴，下巴都快掉到地上了。

“一起结账吗？”店员还不识相地问。

“当然啦。”孙姐看一看麦超，“服装津贴嘛。”

孙姐一手抢过麦超手中紧握着的信用卡交给店员，麦超只有无奈就范。

孙姐带领七个女孩浩浩荡荡地走出了时装店，引来了不少路人的艳羡侧目。作为唯一男丁的麦超，就像苦力一样一人提着十多个装满的纸袋，跟在这班购物欲刚得到尽情满足的女人后面，任谁都猜不到他才是老板。

走出商场，孙姐和女孩们经过珠宝店，一手拿着果汁，一手拿着泡芙的她们都忍不住在橱窗前驻足，被橱窗里的高级珠宝吸引，就像经典电影《珠光宝气》中的奥黛丽·赫本。

麦超看着面前这些女人，擦着脸上豆大的汗珠，不禁感叹珠宝对女人的吸引力，便想以此鼓励女孩们。

“没错了，你们现在是没有，但是你们将来一定会有的。今天买不起，只能远观也没关系，只要你们努力成了名，赚大钱，你们就有买得起的一天。”

女孩们听见麦超的激励，心头涌起一阵澎湃的热血，用力点头，唯独楠楠有点不以为然。

“哼，这些我家多的是啦，我只是看这款蛮好看的，多看两眼。来，进去看看呀。”

楠楠说罢，大步走进店里，一点都没有平民百姓家的小孩儿怕走进名店的那种小家子气和胆怯，可是大家只当楠楠又犯爱说谎的毛病，一起把她拉住了。

“哎呀，你别在这失礼了。”孙姐半推半拉地把楠楠拖走了。

孙姐利用过去的人脉，找到了香港最好的音乐监制来为女孩们打造出道的首支单曲。

“我要一首听起来马上入耳入脑的音乐舞曲，我要所有人都知道有‘OMG’这支女子组合。”

“孙姐，你又不是不知道，曲子一作出来都是给各大唱片公司的一姐一哥先挑，二三线的歌手都是在那堆挑剩下的曲子里再挑，好的曲子哪轮到新人呀？”

“所以我的意思是为她们量身打造，钱不是问题。”

当钱不是问题，就没有解决不了问题。

果然很快，OMG 的第一首单曲——《为我们喝彩》就出炉了。

当在录音室里接过组合第一首主唱的单曲的曲谱时，女孩们都感动得热泪盈眶。

“这是我们的第一首歌耶。”阿梦哽咽。

“我觉得自己好像在做梦一样。”马丽莲说。

“现在不是做梦的时候。”孙姐假装严肃地板着脸，看见女孩们被她吓得噤声才莞尔一笑，“现在是你们努力梦想成真的时候。”

麦超故作绅士，躬身为女孩们打开了录音室的大门，女孩们兴奋不已，走进录音室之前逐一和站在门口的麦超击掌。

“加油，好好唱呀，别对不起我呀。”麦超鼓励着女孩们。

歌录好了，紧接下来就是一连串舞蹈的彩排，为拍 MV 做准备。

公司的中庭，她们的新歌一遍遍重复地播，她们就像音乐盒中上了发条的跳舞人偶不停地跳，跳得熟练到几乎是一有音乐，就条件反射般地跳出那早已熟烂于心的舞步。

“啊，好累啊!”女孩们筋疲力尽地躺在地上，喘着气说了同一句话。

“累死我了，我的腿好像不属于自己了。”楠楠捶着自己的小腿。

麦超和孙姐从二楼走廊的平台看下去，躺在地上的七个女孩拼出了一个花形。两人对看了一眼，就好像一对父母看见自己的女儿终有所成一样，交换了一个欣慰的微笑。

拍 MV 当天，娱乐公司的会议室变成了临时化妆间，发型师、化妆师和造型师在七个女孩之间忙来忙去，一片热闹混乱。

“呀，救命呀，我的假睫毛掉下来了。”阿花慌乱大叫。

“你别再吃了，口红都花了。”孙姐抢过马丽莲手中的薯片，又转头叫化妆师，“嘿，过来帮她补补妆。”

“孙姐，我控制不了自己，我好紧张喔。”马丽莲哭丧着脸。

“好了，好了，要开机了，快出去准备，别再磨蹭了。”孙姐催促着女孩们。

“OK，Action!”导演一声令下，拍摄开始。

第一个拍摄的场景是她们最熟识，呆的最多时间的地方——娱乐公司的中庭。

镜头前，女孩们摆好了姿势，预先录好的歌一响起，她们便跳起舞，做着口形，做出边跳边唱的效果。

麦超和孙姐一直在镜头后面，紧张地监督着女孩们的表演。

“跳好一点，给点力呀!”麦超为女孩们打气。

“喂！嘴型不对了!”孙姐皱起眉头，没办法不唠叨女孩们，“歌词念熟点呀！脚直点呀!”

MV一连拍了几天，除了公司的中庭，女子宿舍的阳台，还走到人来人往的尖沙咀钟楼前拍摄。

穿上了抢眼服饰的七个女孩们，一站在街头，就引来路人的注意。当摄影师、灯光师摆好了器械，路人早就围了一圈又一圈，等着看热闹。

女孩们看见如此多的人围观，都怯场害怕了起来。

“孙姐，这么多人，我们好怕。”阿花怯怯地说。

“怕？你做明星，不就是想有人看吗?”孙姐说。

“可是——”淼淼想说下去，却被孙姐打断了。

“别再说傻话，现在你们想后悔不做明星也不行了。”孙姐训示女孩们，“如果今天你们在这里免费表演都没人要看，以后你们凭什么要人家花钱来看你们的演唱会，买你们的唱片。”

孙姐背后传来了麦超的声音，“你们不要怕，我听说许多明星歌星出场前都紧张怯场，但只要一走到镜头前，走上舞台，就会像换了一个人，进入忘我的状态。”

“对，现在就能看出你们有没有真正当明星的潜质了。”孙姐又用激将法。

“有，我们一定有！”沛坚斩钉截铁地说。

“对，我们有。”

“我们一定可以的。”女孩们都纷纷附和，她们的眼里都闪出了自信坚定的光。

楠楠把手伸出来，其他的女孩们也伸出手来叠在她的手上面。

“OMG！Good show！”女孩们大喊了一声自己组合的名字，以振士气。

热闹的街头，七个女孩摆好预备的姿势，散发出与以往不同的气场。

音乐响起，拍摄开始，麦超和孙姐仍站在镜头后面支持着她们。

女孩们的精彩演出吸引了更多的路人围观，有人拿起手机拍摄，场面热烈。

孙姐也拿出手机拍下了女孩们的表演。

“拍下来放上网，当是宣传。”

黄昏下，女孩们背对着夕阳，像镀了一层金光。麦超看着她们，既被她们感动了，又替她们高兴不已。

女孩们好不容易完成在街头的MV拍摄，看见路人给自己掌声欢呼，满足喜悦得无法形容，互相拥抱。

这时候，麦超的电话响起。

“喂？”

“超哥，有笔账——”牛河焦急地说。

“牛河，你听我说，”麦超打断了牛河的话，“那些催账的事就全交给你了。原来梦想，真的很美的。”

“不是呀，超哥，那笔账其实是——”

没等牛河说完，麦超便挂了线。

他的视线一直没从女孩们身上移开过，看得出了神。

拍摄完MV，女孩们一上车，都累得不想动了。

“好，你们好好歇一会儿，一睁眼就回到家了。”麦超说。

“不，我们还要去一个地方。”

孙姐早就吩咐了司机目的地，麦超和女孩们你看我，我看你，都不知道孙姐在搞什么鬼，只得任她摆布。

保姆车停在了红磡火车站面对过海隧道的停车场。

“来，下车吧。”孙姐拍醒了只是不到十分钟的车程也累得能睡着的女孩们。

女孩们揉着惺忪的睡眼下车，还在迷糊状态。

“你搞什么呀？让她们快点回去休息吧，她们累成这样，你也太不人道了吧。”麦超看着女孩们累成这样子就心痛，看不过眼，为女孩们出头。

孙姐不作声，不申辩，只指指麦超和女孩们的身后。

他们一转身，女孩们都被眼前所见震撼得彻底醒了，乐疯了地乱叫乱跳，激动不已。

“哇，你用不用这么夸张呀？”麦超忍不住也问道。

在红磡海底隧道旁边的一座大厦外墙上，挂着的是OMG的巨型广告。

“与其在报纸杂志买一两天的广告位，不知有没有人看到，不如买一块大得看不见也不行的。”孙姐得意地说着自有的一套理论。

毫无疑问，女孩们真的很努力了，她们的经纪人麦超和孙姐也很努力，但努力了不代表一定会成功。

也许，他们真的还欠了一点运气。

OMG的新歌发布会终于到来了，女孩们穿上款式一样，但颜色不同的露肩贴身短裙，这是她们组合第一次正式与公众见面的造型。

发布会在一个大型商场中举行，女孩们在舞台后面一个临时搭建成化妆间的帐篷内整装待发，准备登台表演。

每个人都心情紧张，阿花和马丽莲稍稍拉开了帐篷的布帘，偷偷看出去，看见台前只有零星的观众，顿时信心大受打击，心情低落。

帐篷内，麦超在一个角落里不停地打电话，尽他最后的努力找人来撑起这冷清的场面。

“喂，大哥！你答应了要真的到才行呀！在路上？一个多小时前你已经说在路上啦！那记者呢？你又保证记者一定会来？”

麦超狠狠地挂掉电话，生气得快透不过气来。

帐篷外面，舞台下的观众席门庭冷落，只有孙姐一个人坐着。她看着舞台上用上百个灯泡砌成的字母“OMG”和女孩们的海报，心头一紧，很不是滋味。

负责发布会的公关面有难色，怯怯地走到孙姐身旁坐下。

“孙姐，今天碰巧好有几单娱乐新闻撞了发布会的时间，巨星又突然开记者招待会宣布结婚。我想……我想那些记者都赶不过来的了。”公关看看手表，“我们没法再等了……差不多到时间把场子还人家了。”

孙姐闭着眼听完了公关的话，缓缓地睁开了眼，叹了一气。

公关说罢，战战兢兢地等着孙姐的回复。

“是时候面对现实了。”孙姐站了起来，都不知是对自己说，还是在回答公关。

孙姐走进帐篷，只见麦超仍在尽最后的努力。

“牛河，你给我马上叫三百人过来！不是打架，撑场面，没有？你说什么？喂？”牛河挂线了，麦超仍拿着电话在骂，“你这混蛋呀！哼，我不信我找不到人……”

女孩们在旁看着麦超，心里清楚状况有多糟。

孙姐也知道失败已成定局，重要是如何善后。麦超还想再打电话，她按住了麦超的手，摇了摇头。

女孩都静了下来，都等着孙姐说点什么。

“这几个月以来，你们做的、吃的、穿的都是由我决定的。今天我想你们自己来决定到底上不上台唱。”孙姐顿了顿，接着说下去，“唱嘛，就对着空气唱。”

“喂，我看算了。”麦超一心不想女孩们难受，无奈地为大家做出决定。

“我会唱的！练那么久，就当 KTV，自娱自乐，唱给自己听也好。”阿梦举手，第一个坚持。

“唱，少点人看，少点人知道我唱得差嘛。”淼淼自嘲。

“对！我们都唱！”杜颂说。

“我也唱！”

“我也唱！”

“唱！”

女孩们逐一举手表示要唱。

大家都看着麦超，等他表态。

“好！唱就唱！能贱得过我们以前？我们从来都不管人家怎么看的，对不对？”麦超早被女们感动了。

众人一笑，孙姐举起手掌，首次向这些人举起手掌！

孙姐把手伸出来，她难得主动地鼓励，麦超和女孩们马上走过来，把手搭在她手上。

“Good show！”孙姐带领大家一起喊。

然后麦超举起手和女孩们一一击掌。他最后击掌的是孙姐。俩人对望的眼神，一切已经无需话语。

九个人，同心一致，连成一线。

终于要出场了，女孩们在后台已经听见主持人在介绍出场，来个深呼吸，鼓起勇气踏出舞台。

“有请新晋女子组合，OMG——Oh，my girls！OMG是七个女生的组合，成员包括有阿梦、马丽莲、沛坚、楠楠、阿花、杜颂，还有淼淼。”

女孩逐一出场，脸上挂着最灿烂的笑容，向台下零星的观众强颜欢笑，挥着手。

“大家好，我们是 OMG ——Oh，my girls。”女孩们齐声介绍自己。

台下寥寥可数的观众其实都是经过的路人，对她们的热情丝毫没有反应。

女孩们虽然心情都沉了下去却又暗暗交换了眼色，互相鼓励。

“加油！”鼓励她们的还有麦超。

“现在有请 OMG 唱出她们第一首歌——《为我们喝采》！”主持马上打圆场。

麦超和孙姐坐在台下，有如一对慈父严母，期待着女儿表演。

女孩们已就位，摆好预备的姿势。音乐一响起，女孩们在台上含泪带笑，表演多日来一直练习的快歌热舞。

台下只有来来去去的路人，没有几个人愿为这些女孩停下脚步，只有麦超和孙姐一直不离不弃地支持，麦超看得忍不住鼻酸，孙姐拍拍他的肩，给他安慰。

台上台下，每个人的脑海里都是这段日子里有笑、有泪、有汗水的回忆。

最后一个音符终结，麦超与孙姐站起来，用力鼓掌。二人的掌声，让台上的女孩们热泪盈眶，她们知道自己必须接受失败的现实，但这段日子真的太美好了。

装满滞销唱片的纸皮箱堆满了公司的中庭，独坐在中庭中央的麦超打开了其中一个纸箱，拿出了一张 CD 来看。

原来花掉几百万就是搞了一场没人来看的秀，还有这些没人买的 CD。也好，总算有些纪念品，麦超无奈地苦笑。

“超哥。”楼上传来了楠楠的声音。

麦超抬头一看，楠楠就靠在栏杆上向他招手，这情境叫他想起当日沛坚她们戏弄他的画面。

有一点不同是楠楠这天穿得更性感一些，她身上只穿了一件吊带睡衣短裙。不过楠楠一向这样穿，她对展示自己的身材相当大方。

“她们都出去了。”楠楠说。

“够了！我没心情呀！”

“我明白你的心情，我有正事想跟你说。”

麦超还是上了二楼的女子宿舍，趁还有点太阳，和楠楠坐到阳台外面，就姑且听听这个神经大条的女孩到底有什么正事。

“其实，我真的很有钱。”楠楠煞有介事，表情认真严肃地对麦超说。

“别闹了，唉!”麦超看着楠楠的眼睛，真的差点相信了，但最后还是把她当是大话妹。

“我是说我哥很有钱，他明天会来香港呢。因为我跟他吵架，所以才离家出走，但只要我回去跟他道歉，你要多少钱都可以!”

“大话妹，其实撒谎是不对的，你要戒掉这个坏习惯，知道不?”麦超语重心长地说。

“你不相信？等等……”楠楠看麦超还是不相信自己，拿出手机，给他看她和她哥的合照，“看。”

麦超一看见照片中的人，大吃了一惊，瞠目结舌地说：“哇！这个上市公司的煤老板是你哥？那不要说你做错事啦，就算没做错事呀，你也要天天跟他说对不起啦!”

“可是我觉得‘对不起’很难讲呀。”楠楠嘟着嘴巴。

“非常容易呀，我不是给你钱去学演技嘛。说对不起就是靠演技，来，我教你呀!”麦超对面前这个救星循循善诱。

“对不起!”麦超交叉双手放在膝盖上，眼睛一闪一闪地，一副含蓄委屈的样子，嘴角带着笑意，边说边欠身鞠躬。

“对不起!”楠楠跟着照样儿画葫芦，双臂一夹反挤出了丰满的胸部，叫麦超没法当看不见，心里暗暗“哇”了一声。

“对不起!”麦超再示范，男人的色心叫他不自觉地在欠身鞠躬的时候故意把腰弯得更低。

“对不起!”楠楠这傻丫头却还懵然不知，请人家眼睛吃冰淇淋了，跟着照做。

“对不起!”麦超把手夹得更紧，腰弯得更低。

麦超得逞了几次，楠楠总算察觉了。

“喂，那是我哥呀!”楠楠说。

“喔，那再来一次”麦超把弯腰鞠躬的角度调回第一级，“对不起!”

“对不起。”

“来，来，你要夹住它嘛！对，夹紧夹紧啊。”

看麦超难得有苦中作乐的心情故意作弄自己，楠楠也就装装糊涂地陪陪他。

“对不起!”楠楠最后还是忍不住笑起来了。

麦超和楠楠来到珠宝店门外。

珠宝店坐落在香港尖沙咀广东道黄金地段的 1881

Heritage。1881 Heritage 前身是香港水警总部，并于 1994 年被列为法定古迹，现在被改建成高级食肆、古迹酒店与世界级名店林立的香港文化旅游与购物消闲的地标。

这间珠宝店不是那种平民百姓买金饰的地方，它售卖的是高级珠宝，麦超瞄了一眼橱窗内的翡翠项链，价钱是八位数。

“你哥果真是大款，来香港血拼扫货扫到了这里，也真是太厉害了吧。”

“我早就说过，是你们不信。”楠楠深吸了一口气，向麦超点了点头，“好了，我准备好了。”

楠楠说罢就一鼓作气，箭步走进珠宝店，落在后面的麦超马上跟上。

珠宝店内，打扮得有点俗气浮夸的楠楠哥和楠楠嫂已在柜台前，由经理招呼着挑选首饰手表。

“哥，嫂嫂。”楠楠一到她哥面前气势就泄了一半。

“哎呦，我的宝贝妹妹来了。”楠楠哥只看了楠楠一眼，就继续试他的名表，“你该有话要跟我说吧。”

楠楠想了一想，突然坐下了，决定改变策略。麦超也不知道在楠楠搞什么，只好跟着坐下，在一旁静观其变。

“我有个投资想跟你谈谈。”楠楠堆了个笑脸。

楠楠哥对于这一向鬼主意最多的妹妹又开始耍花样一

点也不觉得意外，继续试戴手表，特意配合。

“哦？那你说来听听。”

“我最近发现了一家很有潜质的娱乐公司，他们正在扩大规模，我一想，肥水不流外人田，我就给你们留了一份！这位是麦老板。”

麦超马上站起来，礼貌地向楠楠哥伸出手说：“何总，你好。”

楠楠哥转个身来，上下打量了麦超一遍，举起手来，却不是和麦超握手，而是又转过身把手伸到经理面前，让经理替他把手表脱下。

“这两个戒指试试。”楠楠哥指指面前的玻璃展示柜。

楠楠哥有意捉弄麦超，给他难看，楠楠看在眼里，生气也不能说什么，只能忍。

“你老妈。”麦超无奈地把手缩回，在心里骂了一句。

“你是签了他的公司，现在缺钱，找我投资是吧？”楠楠哥也懒得理会麦超，一语道破楠楠的来意。

被看穿识破的楠楠也没什么好说的。

“妹呀，一年前你离家出走，说要当明星，不成功就不回来。我很高兴你现在回来了，可是你成功了吗？”

楠楠想说点什么，但她哥把她打住了。

“对！我也说过，哥随时可以帮你，只要你一句道歉。对吧？”

楠楠吸一口气，站了起来，低着头向哥鞠躬致歉：“哥，对不起，你可不可以借我两百万？”

“妹呀，‘对不起’不是这么说的。”楠楠哥是有意刁难这个妹妹，“你要说，我要当明星，还得靠家里的背景，得靠家里贴钱！我没有办法靠自己，我就不该做这个梦！”确实是。

这确实是自己当日离家出走说的话，楠楠已红了眼，眼泪随时都要掉下来。

“我去做明星……”想到了麦超和大家，虽然委屈难受，但楠楠还是说了。

“别说了！”麦超看不过眼，拉住了楠楠。

“还要靠家里的背景去贴钱……”楠楠还是坚持说下去，眼泪终究还是掉下来了。

“别说呀！”麦超要把楠楠拉走，楠楠甩开了他的手。

“我不能靠我自己，我就不应该做这个梦！”楠楠哽咽着说。

要否定自己一直相信的事，实在太残忍了，尤其是当你真的没法不否认。

“够了！姓何的，你妹不是不该做这个梦！是我不该！走！”麦超不让楠楠再受欺辱和委屈，不让她再甩开自己的手，紧紧地拉着她的手，把她带走。

两人一走出珠宝店，楠楠哥的样子也变了，一直没做声，压抑住自己的情绪，最后还是忍不住，面容一扭曲，靠到老婆的怀里嚎啕大哭起来。

“媳妇呀，我的心好痛呀。”楠楠哥也是性情中人，捶着胸口大哭起来。

“别哭，别哭，这样对你最疼的妹妹，一定好心痛。”楠楠的嫂子安慰着她哥。

“两百万，很容易拿出来，根本不是什么钱！”

“你拿了出来，她就不再是靠自己，那么她的梦就完了。”

“她一定恨死我啦。”楠楠哥哭得鼻涕一把，眼泪一把。

“如果有天她成功了，你也不会介意她恨你的。你不是一直相信她终有成功的一天吗？”

楠楠哥无言以对。

“总有一天她会明白你的苦心的。”楠楠的嫂子拍了拍楠楠哥的头。

两人只顾自己在上演洒狗血式的温情伦理剧，都没注意珠宝店的人都往他俩这儿看。

而另一边，走在街上的楠楠与麦超默默无言地走着，麦超还越走越快，楠楠只好加紧脚步追上。

刚哭过的楠楠平复了心情，反而还想说点什么安慰麦超，虽然又不知该说什么。但那一刻，她觉得自己成熟了，也变坚强了。

“放心吧，超哥还有办法的。”

其实麦超早就没有什么办法了，娱乐公司的大门外，已有催账公司光临过，用红色油漆写满了“欠债还钱”的大字。

娱乐公司内，女孩们团团围住麦超，都在帮忙出主意，希望可以和他共度时艰。

“超哥，这些钱是我平时偷偷占你油水藏起来的，你看看能不能帮上一点忙?”

淼淼把扎成一小卷的钞票塞到麦超手里，麦超窘迫地把她的手推开。

“不用!”

“那你那个有钱的男朋友呢?”马丽莲问沛坚。

“他说我要跟他提钱的话，就跟我分手!”沛坚无奈地说。

“干脆你带我们去，和那些有钱人吃饭，不卖身就行了。”阿梦做了卖艺不卖身，牺牲点点色相的打算。

“白痴呀你！”麦超听见，第一个反应就是骂，“我都说了不用了！”

大门外传来熟悉的木屐声。门一打开，是牛河他们四个。

牛河走在最前，带着三个兄弟一副流氓恶相的模样走进了公司。

“超哥，你欠……”牛河在麦超面前，总有做小的那种胆怯和敬畏，说话总是结结巴巴，“哎呀，靠！”

牛河吸了一口气，再鼓起勇气说了一遍。

“我们受财务公司委托，合法催账，你欠财务公司那三百万，”说到最后，还是怯懦了，口齿不清，“请……请你缴交！”

女孩们听见牛河是来催账的，一阵难以置信的哗然，纷纷责难牛河的大逆不道、忘恩负义，曾经和他有过点点暧昧火花的阿花，率先发难。

“有没有搞错呀？这样跟超哥说话！”

只有麦超明白牛河只是身不由己，公事公办，自己欠了账是活该被催账的。

“你在这儿干嘛？”麦超走向牛河，以大哥的口吻质问，牛河吓得退了一步。

“对白又不记好，念得结结巴巴的，你想怎么样？

来，再念一次。”

“你欠……财务公司那三百万，请立即缴交。”

“有种你再说一次!”

“你……欠那三百万……快点缴交……”牛河越说越糟糕，连正眼都不敢看麦超一眼。

“去死吧你！那么小声!”麦超大喊，“谁会怕你呀？大声点!”

“你欠……财务公司那……三百万，请……立即缴交!”

麦超表面是恨铁不成钢，看不惯牛河跟随自己催账那么久还是那么不济。其实他心里怎会不知道，牛河畏缩只因债务人是他，牛河念在昔日情谊，下不了手。

“我没钱还，拿我怎么样？不懂收账呀？平时我怎么教你的？来，棍子拿来。”麦超抢过牛河手中的棒球棍。

“先把场子砸烂，接着才打人对吧！打人怎么打呀？打他的脚!”

麦超一棍子打在牛河小腿上，牛河马上跪了下来。

“人就跪下来了，不能动了，不动，就随你打啦。”

“超哥不要!”多士想阻止麦超打下去，反给牛河按住了。

牛河不闪不避，任由麦超发泄着。

“打得他怕！打得他慌！打到他还钱为止！明白了吗？”

大家都看着麦超一棍一棍打在牛河身上，女孩们早就吓得不敢看下去了。

“拿着棍子，打一次来看。”麦超把棒球棍还给牛河。

“超哥，你打我没关系，”牛河看着麦超，“现在不明白的是你。”

麦超心里明白，只是不愿承认，他缓缓地跪了下来，像一个债务人一样低三下四地乞求牛河。

“兄弟，可不可以再给我一点点时间？她们很努力，你看见了，一定行的！”麦超说，“你再给我一点点时间，我一定搞定给你看，就差一点点，好不好？”

“超哥，咱们当初说好玩玩而已，”牛河只觉麦超执迷不悟，你现在所有家当都赔光了，也够了吧。你忘记了吗？‘梦想’这个理由，很尴尬呀……”

“我现在已经很尴尬了。”麦超窘迫地低着头说。

“大哥！你醒醒吧！”牛河忍痛站了起来，多士他们马上上来扶住他，“这期的账我们先帮你撑住，下期我们就撑不了啦。”

麦超默默看着牛河他们离去，转过身来，也只能和女孩们默然地对看着，大家心里都不好受。

没人留意，孙姐一直在二楼看着这一切，心中有了一个打算。

孙姐拖着疲惫的身体回到家，之前被她打碎的镜子碎片早就给清理掉了，然而一个熟悉的身影却出现在对面剑龙家那边。

她没有太惊讶，因为她以为眼前景象又是自己的幻觉，于是没有理会，一笑置之，岂料那个身影竟穿过了两间屋子之间的原是装了镜子的分界线，来到了她面前。

“我出事了，回来帮我，好吗?”剑龙用低沉温柔的声线说。

孙姐怔怔地看着剑龙一步一步向自己越靠越近，先是一愣，到弄明白面前的不是幻觉，便忍不住失笑。

“你不愿意帮我?”剑龙以为孙姐对他还有恨。

孙姐收起了笑容，直直地看着如今剑龙落魄沮丧的样子和失去了自信光彩的眼睛，不禁怜悯。

“我怎么可能不帮你呢?”

第二天回到公司，孙姐马上到麦超的房间，关上了门，把窗帘放下。

窗帘的斜影照落孙姐那煞有介事的脸上。

“你想怎样?”麦超问。

孙姐两手按在桌上，俯身向麦超越靠越近，似乎要说出什么重大秘密。

“听说你很能打的，是不是?”孙姐似乎是在挑衅。

“如果你是男人，跟我说这样的话，你已经死了!”麦超冷冷地警告。

孙姐得到了满意的答案，坐回到椅子上，拿出了一张支票放在桌上推向麦超。

“这次轮到我给你钱，你可不可以帮我一个忙?”

麦超觉得奇怪，看看支票，又看看孙姐，不答应，也不拒绝，就等孙姐说下去。

“帮我出尽全力，打倒一个人!”孙姐上下打量了麦超一番，“我得给你换一个厉害点的造型。”

麦超看了看自己，质疑孙姐的要求的必要性。

5

孙姐安排了麦超挑战剑龙，地点是拍戏现场的拳馆。那里早已有一大群记者闻风而至，当然是孙姐通知他们的。

麦超站在拳馆中央的擂台上，为了突显他的气势，他刻意打扮成电影中的“叶问”摸样，摆出甄子丹的造型，手上还拿了一支鸡毛掸子。

“我现在要挑战你!”他用鸡毛掸子指向剑龙。

剑龙与孙姐坐在一起，他早知道麦超会来。

他低声问孙姐：“你肯定这样可以?”

孙姐肯定地说："当然啦，这么多人看着。"现场连工作人员也举起了手机拍摄，"你赢了他，什么形象都回来了。"

剑龙还是不放心，"他知道要两分钟内输给我吧？太久我怕撑不住。"

麦超偷偷向二人使眼色，示意他已准备好。

孙姐望着麦超，向剑龙语带双关地说："放心吧，钱他都收下了。"

她趁着剑龙不注意，向麦超回了一个她和他都明白的眼神。

剑龙先装作不愿接受挑战，但在现场所有人的欢呼鼓励声中站了起来，走到擂台中央。

麦超早在等候，两人中间隔着一米半的距离对峙着。

"见你年纪比我轻，当你是后辈，就让你先发招。"麦超摆出轻视他的姿态。

"那我不客气了。"剑龙最后一个字音未完，便闪电般出了一拳，大家想不到他出手那么快，全场静下来。

剑龙拳快，麦超闪得更快，只见他身体向旁边一倾，右拳已打向剑龙。

剑龙想不到他玩真的，竟然被他一下打倒在地上。

全场哗然，闪光灯不停闪着，记录着剑龙的倒下。

打倒武打巨星，麦超向全场人士挥手示意，他从未如此威风过。

“武打明星？我呸！不堪一击。”他团团转地围着倒在地上的剑龙，还用鸡毛掸子替剑龙扫面。

“咦，你脸上有什么被扫下地？让我看清楚。噢，原来是你的名誉，这就是名誉扫地吧。”他尽情地侮辱，引来一阵笑声。

倒在地上的剑龙觉得无比屈辱，望向孙姐。

孙姐向他做出“Ok”的手势，示意没问题。

剑龙估计这是她的安排，稍一定神才站了起来，再摆出搏击的姿势。

在场的人又开始静下来，等待看剑龙的反攻。

擂台上的两人屏息静气地再次对峙着。

剑龙暗中向麦超不停地使眼色，示意他必须配合自己。

麦超毫无反应地盯着他，突然又出一拳将他打到整个人飞起，飞到孙姐的面前。

现场又再次哗声四起。

麦超一脸神气地向着众人抱拳，十分嚣张，享受众人的欢呼。

“不是我打得好，是他太不济，哈哈！”

孙姐此时向麦超一笑，她看着剑龙被教训，这段日子的不快几乎一扫而空。

“你真的付了钱要他输吗?”剑龙爬到她面前低声问。

“当然啦，虽然说是做戏也要认真点，才能骗到人呀。”她还继续骗他。

脑袋从不灵光的剑龙想了一下，“这，我明白了!”

他忍痛再起身，但未站稳，麦超已冲上来，抛开鸡毛掸子，一轮连环重拳将他打到死角，他左闪右避，脸上和身上还是中了好几拳。

孙姐心里禁不住叫好，但碍于身份，唯有扮作很担心，用手遮住面，却在手指缝间偷看。

剑龙硬吃了两拳，走近麦超身前，咬着牙低声问他，“你需要那么认真吗?”

麦超当然没理会他，只向着孙姐使眼色，示意任务快要完成了。

孙姐一点头，跑到剑龙身后，装作鼓励他，“你相信我，观众最喜欢看你反败为胜的。”

“那也对。”他真的很相信这个女人。

他用尽吃奶力打出几拳，麦超轻轻避开。

“我现在告诉大家，剑龙的功夫，根本就是假的。”他大声向众人宣布。

剑龙自己对自己说："对！电影里面，就是要有这些侮辱性说话，打起来才好看。"

麦超不知他在说什么，"你打就打，别那么多废话！"他再出连环拳，却首次被剑龙快手全部挡开。

孙姐被他的表现吓呆。

剑龙不忘回头向孙姐一笑，"我相信你。"

她不知该怎样回应，只是向前一指，示意他麦超又攻上来了。

剑龙像脱胎换骨似的避开了麦超的多次攻击。

麦超四处游走，长衫的衣摆，轻盈飘逸，看上去颇有电影感。

剑龙看准他的步伐，出拳打他的头部。

麦超及时弹开，却错踩到了自己的长摆，失足跌倒。

这一下孙姐也意想不到。

剑龙没有趁机抢攻，很有风度地退后，他向她眨一下眼，以为这是她的设计。

麦超站起来，有点狼狈，一时搞不清方向，剑龙在他背后拍了拍他，待他回头，一个拳头已迎面而来。

麦超被打得金星直冒，人也站不稳了。

剑龙开始玩弄他，突然弯身拉他长衫的下摆，他整个人顿失平衡，剑龙抢上来，在他向后跌下的同时打出连环拳，全部打在他的脸上。

在他要跌到地上时，剑龙却把他拽起来再出连环拳，这次一直打到他跌在地上，然后是最要命的一拳。

传来孙姐的惊呼。

剑龙回头用口型向她说："我信你。"

她只是望着倒在地上鼻青脸肿的麦超，关心他的伤势。

麦超向她摇头苦笑。

剑龙压着无法动弹的麦超，俯身在他耳边说："老兄，你演得真好，你不会怪我不留情吧。"

麦超想答也无力答他。

剑龙站起来，当众指住地上近乎休克的麦超大声说道："我们的动作演员个个都是真材实料的，你们相信了吧。"他享受着所有记者及工作人员的欢呼，有人已把这场对决第一时间传上了互联网。

孙姐回过神后，立即冲上台，她一心过去看看麦超的伤势，但没跑两步却被走近的剑龙一把拥抱着。

剑龙在她耳边衷心地说："谢谢，最终你才是我最该相信的人。"

她说不出半句话，身体被他拥着，目光却停留在躺在地上的麦超身上，他正向她做出歉意的表情，自责没替她做好她要他做的事。

麦超已不能保持清醒，双眼慢慢合上，暂时离开这个已不需要他的现实环境。

剑龙战麦超的片段很快便在网上疯传，一日点击率过千万，果然替他挽回了声誉。

在剑龙的工作室，他兴奋地把 **iPad** 递给孙姐看，“我们的计划好成功呀，你真的是最好的经纪人。”

孙姐忍不住向他说出真相：“你知不知道我本来是要报复你甩了我，给了那个麦超钱叫他尽情打你，要你当众出丑啊。我没想你真的那么相信我，还打赢了。”

剑龙沉默。

孙姐苦笑着，“有些事情，原来只要你信就可以了，以前我也是盲目地相信你会红，就是这样。你明白吗？”

剑龙似懂非懂地点头，他对人生的领悟力远远不及武术方面。

孙姐问他：“你还想我回来做你的经纪人吗？”

“我的确很需要你。”

孙姐凑近他，用可怕的眼神盯着他，“你不怕我还痴恋你，偷窥你，在你床上乱滚，嗅你的衣服？”

“我害怕，但工作和生活上，我真的好需要你，我觉得我可以容忍。”

孙姐摇头，“真像呀你，其实我痴恋的是我过去多年日日夜夜，劳心劳力塑造出来的那个剑龙的形象，不是你。”

她说完拿起手袋，往门口走。

剑龙叫住她，“我们再合作吧，你在那家公司没什么前途的。”

孙姐停下脚步，回头答他：“是，”她想了一下，“可是他们现在比你更加需要我。”

知道留不住她，剑龙唯有说：“只要你想回来，什么时候都可以，我等你。”

他与她对望，这段日子的嫌隙一下子消失了。

“想问你，这些年以来，有没有那么一瞬间，你觉得有一点点喜欢我?”作为女人，她真的想知道答案。

剑龙竟然陷入苦思。

孙姐笑了笑，转身离去，发觉剑龙在后面追上来。

“有呀，现在有点喜欢了。”他的表情带着天真。

她相信他说的是真话。

她突然觉得解脱了，过去的追求和不满都解脱了。

她没回头，离开的脚步变得轻快。

孙姐第二天飞到首尔。

她一个人来的，没有告诉麦超。她觉得应该替麦超做点事，这样下去不是办法。

她认识几家韩国的娱乐公司，这次她拜访的一家不是最大的，但却是最有活力的公司，捧红了一支男子组合。

这公司坐落在江南区，听说背后的资金来自通讯网络公司。

在四面落地玻璃的透明会议室里，年轻且带点骄傲的总经理用标准的英语问她："为什么你认为韩国需要一支中国女子组合?"

她早有准备回答这问题，"因为你们需要中国市场。"

"中国市场是你的吗?"他语带轻挑。

"当然不是，但外商到中国的路从来不好走，你可以问问走过的人。"

他沉默了，她看出他也是走过这条路的人。

"好，你带我们的艺人进入中国，我就签你的女孩们。"

孙姐的策略成功了，她递上几个女孩的资料。

他仔细看完，给了她一个难题。

"这七个女孩，我们只能要五个。"

"为什么?"

他指了一指身后的海报，是五个男孩的组合。

“‘5’这个数字，对我们公司是极幸运的。”

原来韩国跟中国没分别，都是极迷信的。

“五个男孩的组合再加五个女孩的组合，很适合我们公司的方向。孙姐，Give Me Five，这是她们组合的名称，她们七个你给我选出五个，以后就是我们的艺人，独家的，不再跟其他公司有牵连。”

孙姐点头，这是她能争取到的最好条件。

“那你是把她们卖了！你把她们卖了!”麦超听到孙姐这自以为是的决定，一时之间接受不了。

这刹那他与她的距离，比香港跟首尔还要远。

“你想清楚，这公司还有能力继续下去吗?”她淡淡地问。

麦超站在她面前没有任何动作，他想了好几分钟，反反复复，然后他垂下头，慢慢离开她的视线。

公司二楼女孩们的卧室外有个很大的露台，平时是给她们做早操的，这晚放上了长餐桌，旁边有烧烤炉，烤着香喷喷的食物。

女孩们面前放满各种违禁食物，就像行刑前的最后晚餐，令她们大感奇怪。

麦超自顾自地吃着，他心情欠佳，化悲愤为食欲。

“吃吧，说完了就吃不下了。”

孙姐明白他的心情，却怪他不懂讲话，纠正他说：“还是说完再吃。”

“那一边说，一边吃。”

“怎么一边说，一边吃？”两人意见不统一。

看着二人奇怪的举动，更令女孩们不知所措，她们感到一定是有什么不寻常的事。

麦超终于停下来，不再吃东西。

“好，我来说……你们吃完这顿就没得吃了。”

孙姐制止他，“唉，你说得不清不楚的，我来说。”

他恨不得把这差事赶紧交给孙姐，“那你来吧。”

孙姐正色对女孩们说：“韩国有间公司想签你们过去做一支组合。”

女孩们听到，心中一阵狂喜，互望之后，保持克制，听孙姐说下去。

“可是他们要全权管理你们的经纪人合约，也就是说你们不会再是天脚底娱乐文化的艺人了。”

麦超的眼睛不敢看她们。

女孩们这才明白麦超今晚为什么会有异样的反应。

麦超深深吸了一口气后，换了一副面孔，“其实我非常高兴，因为从明天开始，我以后就不用再对着你们这一帮又懒、又不听话、又笨、又不肯学习的人，气我受够了，是时候让那些韩国人领教一下了。”

女孩们心里明白他说的是反话，他想令她们好受一点。

孙姐补充：“他们连组合名字也想好了，叫做 Give Me Five。”

一听之下，大家都觉得有点不妥，但又说不出是什么。

孙姐终于解释了：“那就是说呢，他们只要你们当中的五个人。”

大家明白了。

麦超早已想出了公布人选的方法，“好！你们每人面前都有一个鸡蛋。”

这时候，麦超与孙姐出奇地合拍，孙姐替他继续说：“五个生，两个熟。”

“能去韩国吃泡菜的呢，今晚就没熟鸡蛋吃。”这意味着拿到生鸡蛋的才有生路。

“要留下的呢，我就批准可以吃一次蛋黄。”孙姐平时是不让她们吃熟蛋黄的。

众女孩看着面前的鸡蛋，一阵紧张忐忑，没人敢先把蛋敲破。

楠楠是最大胆面对命运的，她最先拿起鸡蛋，把蛋敲破，一见是生鸡蛋，马上就整个人跳起来。

“喔！生的，生的，我……我入选了！”

其他女孩见已有一个女孩入选，觉得机会少了一个，更加忐忑。

马丽莲和阿梦对看着，就会意地把手中的鸡蛋交换，为彼此揭晓。二人敲破鸡蛋，都是生的，两人高兴得拉手拥抱。

“好啊，我们可以在一起了。”

杜颂忽然大喊了一声站起来，“呯”一声把鸡蛋拍在桌上，鸡蛋应声碎开，手上沾满粘糊糊的蛋液。

她高兴得忘了一手的蛋液，就捧着自己的脸，然后拉起楠楠的手。

现在机会只剩下一个，淼淼抿抿嘴，果断把鸡蛋一敲，那手感已告诉她结果，鸡蛋破开时，她还是呆住了。

大家也静了下来，看着第一个失败者。

她回过神来，死撑着，“其实我早有预感，我不适合唱歌，我是演戏的料子，我现在放心了。”

看见淼淼强作开心，麦超与孙姐更同情她，也为她感到难过。

只剩下阿花和沛坚了，阿花紧张得吵着嚷着，沛坚的呼吸变得沉重。

麦超被阿花吵得不耐烦，一手拿起鸡蛋拍在她的头上。

“别再吵了，你入选了。”

阿花拨开沾满蛋液的头发，静下来，笑了。

沛坚已慢慢把蛋壳慢慢剥掉，豁然地大口吃着手上那熟了的鸡蛋。

“选不上，也最起码有得吃嘛。这是我们一起吃的最后一顿饭，我们就高高兴兴地吃，好好欢送你们。”她接受了现实。

被选中的五个女孩见到沛坚和淼淼强装乐观，为的是不扫她们的兴，她们心情更加沉重。

麦超见众女孩开心不起来，便带头搞热气氛。“做什么？现在生离死别呀？去不成韩国的就没前途吗？一起开心吧。”

孙姐怕他越说越糟，便对女孩们说：“可能是最后一次同桌吃饭，大家要尽兴！”她先举杯向大家。

麦超这时很需要酒精的力量，“喝啦，先干为敬！”

他举杯大口喝下整杯酒，孙姐及众女孩跟着站来一起举杯。

每个人都暂且放下将要分别的哀愁，狂欢了一夜。

大家都明白快乐的背后，带着点点离愁。

是离开的时候了。

五个行李堆放在大门前。

七个女孩互相拥抱，依依不舍是免不了的。

麦超看在眼里，不知为什么，他就是觉得不真实。事实往往如此，尤其当我们不愿接受的时候，总感觉所经历的不真实。

楠楠走上来，“谢谢超哥。”

她张开双手欲拥抱他，他却有点避忌，举起手掌与她击掌。

以前这些女孩他每个都想碰却不敢碰，现在他对她们再没半点私心。

阿梦、马丽莲、杜颂、阿花逐个上来，与他一一击掌，每一个都衷心感谢他。

麦超只是点头微笑，面对她们，说不出半句话。

马丽莲问他：“超哥，你有没有话要跟我们说?”

只有同为经纪人的孙姐，才最明白麦超此刻的心情。

“别问他，他现在都说不出话了。”因为有太多话，太复杂的心情，反而无话可说。

女孩们是明白的。

麦超突然开口，“去到韩国要谨记我给你们的诫条，别给我丢脸。还有，记住以前受过的屈辱，一定要红起来。”

她们肯定地点头，接受了他最后的训示。

阿梦问：“超哥你会来韩国看我们的是吧？”

麦超不置可否，“你们将来是大明星嘛，到哪里我都可以看得到你们的，走吧，别磨磨蹭蹭的。”其实谁都看得出他是伤感的。

目送着孙姐带着五个女孩离开，他望望余下的淼淼与沛坚，知道她两个很快也会离开，麦超转身走向空洞的公司大堂，哼着女孩们曾经唱过的歌。

本来轻快的调子，现在听来，是一首悲歌。

沛坚不是太担心自己的未来，因为她有 Gibson 这个亿万富豪男朋友。

他到底有多少亿身家，她真的不知道，她只知道他真的很爱她，而且很关心她的事业发展。

这天下午，他与她在高尔夫球会用午餐时，他便表现出了这份关怀。

“虽然你没被选中到韩国发展，可是我身为你的男朋友是会帮你的，不过我不是用钱的。你记住我在这方面是有我的原则。”

沛坚很清楚，他要是肯出钱帮她，早就收购了“天脚底公司”，还会出钱拍戏让她做女主角，像很多有钱人捧女朋友一样。Gibson 不会把钱放在这种无谓游戏上，他很懂得计算，他曾对她说过，花数千万捧一个女人，不如直接与她一起花在享受上更实际。

“用钱捧的女明星，有哪个真正红得久的?”他一直相信自己的智慧。

不用钱，他又怎么可以帮她？沛坚不明白。

“谭戴维这名字你听过吧?”他问她。

“当然听过，那个天才青年导演嘛。”她知道这个导演是被认为是近年最有希望的华籍导演，他的作品曾入选过多个国际影展，而且每次都捧新人，从不起用那些当红的明星。

“其实我跟他是生死之交，在最困难的日子里，我们一个小房间两个人住，一个面包掰成两份吃，一条裤子两个人穿。”

沛坚很奇怪，“一条裤子两个人穿？一人穿一边裤腿?”

Gibson更正她，“谁外出谁穿，不过多数是他外出的。”

沛坚的脑袋，想象着Gibson没裤子穿的穷酸样。

“他经常外去，找了好多老板投资给他拍戏才没有埋没他的天分。”

沛坚很难相信Gibson有这样一个朋友，现在才跟她说。

“谭戴维的新电影在找女主角，”他边说边从他的手提袋中拿出一条破旧的牛仔裤，“只要你拿着这条裤子去找他，任何要求他都会答应你。你就叫他让你做女主角。”

沛坚心想，这怎么可能。

“他是发过毒誓的，这条裤子可以命令他做任何事。是不是感激到不能言语了？”他等待她的感谢。

岂料，一直没做声的沛坚一巴掌扇向他。

“对，我很想演戏，但如果这个机会不是因为我的能力而来，我宁可不要！”

她很有骨气，这令他更欣赏她。

当他正想收起那条破烂牛仔裤时，她忽然按住他的手。

沛坚在Gibson家留到清晨，她推醒他，要他驾车把她送回公司。

“还回来做什么，听说麦超已没钱交租，这地方很快便会被业主收回。”Gibson 提醒她。

“能留多久便留多久。”她说。

Gibson 就是喜欢她有一种近乎男性的义气，这是他这个“宅男”所没有的。

她走进曾经有过很多欢笑声的女孩们的房间，见淼淼独自在床上发呆。

“睡不着，好孤独。”淼淼说。

沛坚上前拍拍她的头，也不知该说什么。

“超哥没回来，大概是找人借钱给他。我看他能借的都借过了。”

麦超的处境，大家都一清二楚，他不想让大家担心，但大家早已为他担心到不得了了。

“沛坚，我想过了，离开这里之后，我会去做一阵化妆推销员，存几年钱，考戏剧学院，重头再来，我不会认输的。”

沛坚拿出 Gibson 的破牛仔裤，交到淼淼手上。

“这是更快捷的方法。”

淼淼以为她傻了。“这条破裤子是什么快捷的方法?”

沛坚教她，“明天，你拿着这个去找谭戴维导演，愿望就会成真。”

“不是吧，拿这条烂裤子去？人家以为我疯了。”

“你就说是 Gibson 叫你来的就成了。淼淼，世上的事情有时比我们想象得更荒谬。”

淼淼拿着裤子，半信半疑地望着她。

一个女孩子到底要有多大勇气，才可以拿着一条破裤子去找一个大导演，告诉他就凭这条裤，你要给我做女主角？

一个女孩在大导演面前脱掉自己的裤子，说要做女主角，反而没那么荒谬。

孙姐安顿了那五个女孩，和韩国的公司签好了所有文件，从首尔回来，走进公司，便见到麦超对着七个女孩的巨型照片，逐一拂去上面的灰尘。

“没钱给钟点女佣，没人打扫了。”他说。

“沛坚和淼淼呢？”孙姐问。

“哦，都去了拍东西，一个说去拍拖，一个说去拍戏。”

孙姐奇怪，“拍什么戏？”

麦超耸耸肩，“不知道呀？我现在也没有能力理会她们，让她们自由发展吧。”

孙姐一时不知道说什么。

“她们在韩国好吗？”麦超问的当然是走了的那五个。

孙姐说出了令他安心的话，“她们到了那边，好像忽然间都成熟了起来，很努力，很用功，她们说，不想辜负你。”

麦超心中一酸，“我真的是不自量力。”

孙姐轻轻叹气。

她走到他面前，真心地对他说：“谢谢你，我在你身上找到我这几年做经纪人没有了的东西，就是不自量力。我现在明白了，只有不自量力的人才会那么傻，才会无条件地付出。每个人在梦想面前都是不自量力的，就是多么可爱的不自量力造就了娱乐圈的无数个神话。”

她说得有点感慨，忽然下了一个比当日自荐成为剑龙经纪人更大的决定。

她豪气地说：“你给我五年时间，五年之后，我就会把她们一个个都带回来，到时候我一定再找你做经纪人。”

麦超傻笑着点头，他多谢她许下这个不可能实现的承诺。

“我答应你，她们会变成大明星，那时候，你走到哪里都可以看见她们。”

麦超忽然想哭，转过身不让她看到自己的脸，他是个不会在别人面前流泪的男人。

孙姐在后面叫住他："麦超。"

他抹了一下眼，回身与孙姐互望，下一秒，孙姐已冲上去紧抱着他。

那不是男女之间的感觉，他很清楚，那是两个曾经分享过同一个梦想，有过同一种经历的触动。

他与她从未如此紧密过，哪怕只是这一刻。

麦超在她耳边低声说："我梦醒了。"

这轻轻的一句，为他的梦划上了一个小小的句号。

孙姐的手机突然响起，划破这阵沉默。

她松开紧抱他的手来接听来电。

"哦，好，我马上来。"好像有很紧急的事情要她赶去处理。

麦超好奇望地着她。

"淼淼有事。"

麦超还没来得及反应，已被她拉着向门外走。

拍摄现场搭建了一个中世纪欧洲古堡的天台，剧情讲述了一个女妖爱上了猎妖师，却因两人活在敌对的世界里，不得不分开。

穿着一身妖怪戏服的淼淼，演技差劲地说着台词。

“你是人，我是妖！妖是没资格……有人的梦……梦想！谢谢你……给了我一个做梦的机会。”

谭戴维导演大声叫：“Cut!”

这已是第五十三次NG，难怪他气得七窍生烟，绕过监视器冲到淼淼面前。

“好，我又再说一次，你是妖精，你不想连累你爱的猎妖师。这个镜头，你说完这段对白，然后就‘唰’一声地飞走，魂飞魄散。现在你为他牺牲，离开这个世界，你不要牺牲得那么嚣张好不好？要伤感些！”

淼淼已是第五十三次向他道歉，“对不起，导演！其实我明白的，我只是还没做到。”

“我再给你十五分钟，再不行就换人！”看来淼淼已把他推至容忍的极限。

在旁陪着淼淼的沛坚等谭导离开后走近淼淼，对她说：“我通知了超哥与孙姐，他们正赶来给你打气。”

谭导回到他的导演椅旁，快将崩溃了，他拿着那条破旧牛仔裤在咒骂：“Gibson，你为什么介绍这种女演员给我！”

他愤而将牛仔裤撕破。无论一条牛仔裤如何破烂，一手撕破都不容易，可见他有多愤怒。

远处的休息帐篷里，饰演猎妖师的男主角谢霆锋从帐篷里探头出来，他的经纪人 Mani 也在身旁，见导演如此，他便向 Mani 说："导演真的是好大压力，看看有什么我们可以帮忙的。"

Mani 问："你想怎么帮?"

"试试改下一班飞机走。跟导演说，我们不赶时间，让他慢慢拍。"

Mani 同意，"可以呀。"有经验的经纪人给艺人安排的时间不会太紧迫，总会预留一点空间，以防万一。但这点空间视乎对谁开放，她知道霆锋是很欣赏谭戴维的。

她走到谭导身边时，看到他在吃镇静剂。她见过不少圈中人吃镇静剂，知道他吃的这颗是药力最强的。

"导演，吃这药无济于事的，霆锋真的不赶时间，你就试试慢慢拍吧，我们改迟一班飞机就好。"她觉得完全表达了体谅。

谭导听了，错误理解了 Mani 的意思，面色大变。

Mani 走开后，谭导立即向副导演诉苦。

他模仿 Mani 的语气："你就'试试'慢慢拍吧，就是说反话给我听啦!"

霆锋远远见谭导向副导演说完一句话后便一头撞在墙上，他立即问 Mani："你跟他说了什么，他好像压力更大似的。”

Mani 也觉得奇怪，“不就刚才你说的那两句，一个字也没少说。”

霆锋对谭导大表同情，“做导演压力真大，他好像快要精神病病发似的，我们别再打扰他。”

Mani 点头，二人返回帐篷内。

麦超这时与孙姐已赶到片场，他们向在旁边工作的场务打听淼淼在哪儿。

“我是淼淼经纪人，她在哪儿?”孙姐认识的人比较多，所以由她开口。

场务果然认得她，“你不就是孙姐？我好喜欢唱歌的，你觉得我有没有机会？我现在唱几句给你听吧。”

孙姐很懂得如何应付，“可以了，你绝对有潜质去当歌星的。你告诉我淼淼在哪里就行了。”

场务唯有指指天台边挂满彩色布条的地方。

麦超与孙姐走进一大堆彩色布条中一时辨别不出方向。

那些彩布在风中飞扬，有如一个迷宫，身处其中真的有种进入了魔幻仙境的感觉。

“哪里是出口呀?”他感觉走来走去还是回到同一个

地方。

“你跟我走吧。”孙姐拉着他的手。

“你又没来过，怎么知道如何走?”他奇怪。

“在拍戏现场朝灯光最强的地方走，一定没错。”

孙姐见他不明白，唯有再解释：“灯光最强最多，表示演员就那个地方拍摄。”

“原来是这样。”麦超自以为入了行，其实还是个门外汉。

他跟着孙姐走，终于出了彩布迷宫，到了天台边缘，见沛坚正在帮助淼淼入戏。

沛坚对淼淼说：“你想象着要离开最喜欢的人，就像我们七个要离开超哥，你不伤心吗?”她说着便流下泪来。

谭导见沛坚比淼淼更快入戏，走了过来，“淼淼呀，我就是要这种伤心啊。”转头问沛坚，“你好像懂得演戏，叫什么名字？我还有一个角色适合你。”

淼淼替她回答：“她叫沛坚，戏比我演得好。“

谭导被淼淼气死，“你集中精力演戏吧，我说什么关你事吗？“

淼淼不敢出声了。

麦超与孙姐看到了这一切，谭导这时也发现了他们二人。

"孙姐，你来了，她说是你公司的艺人，这种演技叫我怎么拍？"

孙姐应付得很专业，"导演，让我们跟她谈谈，我有信心，淼淼一定能演的。"

孙姐与麦超来到淼淼面前。

淼淼见连累孙姐被导演投诉，破坏了她的名声，觉得实在对不起她，垂下头，充满歉意和自责地说："我之前狂妄地说要有谢霆锋才肯演戏，现在真的有了他，我又怯场，我真的很没用。"

孙姐安慰她："你要给自己信心，谢霆锋也不过是一个人，也会吃饭拉屎的，你怕什么，他现在不是谢霆锋，只是你戏中的对手，你和他都是戏里面的角色，不要只顾着对白，先相信自己是戏中的那只妖精。"

谢霆锋不知何时已到了孙姐身后，听了她的话后拍起手来，说："对，其实我也会怯场的，很多时都是顶硬上的。"

麦超见淼淼如此不济，抢过沛坚手上的剧本，看了看。

"这有多难呀？你有没有为别人牺牲过呀？"

淼淼低头答："没有呀。"

的确，像她这种年纪的女孩，根本不知何谓牺牲。

麦超走到她面前，真心地说："我以前也好像你这样，不知道什么叫牺牲。我和你们一起这么久，女朋友走了，催账公司没了，大半生的积蓄也散光了，可是我居然一点都不心痛，这些日子以来，令我最心痛的是你现在演不好这场戏。"

这段日子的心声，他第一次说了出来。

他和淼淼四目相对，淼淼早被感动了，旁边的孙姐和沛坚也被动容了，大家想起了过去那段日子，最令她们心动的不是什么大事件，反而是那些无所谓的小事，还有麦超的种种不专业的行为，想起来也令人失笑。

孙姐按下了被感动的情绪，对淼淼说："淼淼，我现在都能演你的角色了，我示范给你看。"

她上前，充满感性地念出对白："我是妖，我没资格有人的梦想！"她的动作太大，把站在旁边的麦超拨开，没察觉到他所站的位置竟然是天台的边缘。

"呀——"麦超失去重心，向后一跌，跌下了天台。

在他往后跌并下坠的过程中，他听到很多人的叫喊声，像 **KTV** 里的回声，音量大，感觉却很远。

一张张惊愕的脸孔一个个地在他眼前放大，又逐个远去。

跌下的速度理应很快，却又拖得很慢，为什么？因为大脑内的速度更快，相比之下，下坠就成了慢镜头。

麦超记起了这几个月发生的每一个片段，这一切都被放映在一个大得包围着他的三百六十度的大银幕上，然后又迅速地飞离开他，飞得远远，变成一个点，最后连那一个小点都消失掉。

他欣然带笑，挥别过去的一场梦。

一个重重的撞击令他失去了意识。

这一跌，麦超昏迷了四天才醒来。

他后来才知道，在这四天里，淼淼已成功演完那一场戏。他的意外激发了她，释放出她的真感情。

谭戴维导演也给了沛坚一个角色，她终于靠自己的努力争取了一个角色，而不是靠 Gibson。

孙姐每天都来看他，牛河及几个兄弟也来了，只是他们声音太大，每次都被护士赶出病房外。

麦超恢复知觉时，没有立即张开眼睛，他依然紧闭双目，想着自己下一步该如何走。

在某个晚上，他无声无息地离开了医院，回到那间人去楼空的公司，一个人在那里躺了一晚，最终他亲手把门关上，从此人间消失。

“我用尽办法都捧不红她们，可是偏偏在我走了以后，她们全都红起来了。”麦超在明洞的警署里，想起来也觉得好笑。

这几年，“Give Me Five”这支女子组合，不只在韩国红，还红遍中国。淼淼因为谭戴维的戏，拿了金像奖的新人奖，沛坚这几年拍戏没停过，还与 Gibson 订了婚。

“你给我五年时间，五年之后，我就会把她们一个个都带回来，到时候我一定再找你做经纪人。”

孙姐真的做到了，她跟韩国公司谈判，赔钱给对方，五个女孩与韩国公司解了约，世上再没有“Give Me Five”，“OMG”再次重组，七个女孩再走在一起，今晚就是正式重组的典礼。

坊间传闻孙姐找到一个内地的投资者，听说是个网络公司，给了她一大笔资金，成立了一间亚洲最大的经纪人公司，所以她有钱赔给韩国公司。

也有传她带了中国方面的资金入股那家韩国公司，双方合资成立了一间新公司。

她这次邀请麦超来，看她实践她的承诺。

她可能怎么也想不到麦超竟然因为一件小事，被警察拘留了，可能无法出席今晚的盛会。

首尔的国立剧院的外墙上，挂着“OMG”七个女孩的巨型海报，大得把整个剧院的正面都遮满了。

外面的广场被数千名热情的歌迷霸占着，他们高呼着“OMG Reuion!”的口号，兴奋地期待这她们正式公布重组。

长长的红地毯的尽头停了一辆特长的名贵房车，闪光灯向着这边闪个不停，车身闪耀得像一颗长型的黑钻。

孙姐率先下车，她走在红地毯上，接受嘉宾、记者以及穿着“OMG Reuion”服饰的歌迷们的夹道欢呼。

跟在孙姐后面的是七个女孩，今天的她们已不是当年的傻女孩，她们已成为娱乐圈的红人，带着明星独特的贵气。

在孙姐带领下，七个女孩如梦似幻地朝着剧院的楼梯前行。

每一个女孩都成熟了，带着自信的笑容，昂首阔步，不时向人群挥手，偶尔伸手与热情的歌影迷握手，令他们尖叫。

孙姐走到楼梯的最上面，她停了下来，把七个女孩送进剧院内，自己回头望着红地毯的入口。

她等待着一个最重要的人。

“他会来吗？”这一刻她也不确定。

如果他不能来，她这几年的努力又是为了什么？

公关人员催促她，说一切已准备就绪，不能再拖，仪式需要马上进行。孙姐望了入口最后一眼，还没看见麦超的身影，叹了口气，转身跟公关人员走了进去……

时钟的两针在凌晨重叠。

明洞的警署内，麦超在犯人栏中呆望着，自知已错过了典礼。这是命中注定，要错过的便必然会错过。

突然，传来闸门开启的声响，麦超奇怪地望向门口。

华籍女警已将闸门打开，在她身边有一个手拿着公文包的穿西装的男人。

女警示意麦超自己走出来，麦超走出犯人栏，见他们礼貌地等着。

那个韩国西装男对他说了几句他完全听不懂的韩语，麦超望了望华籍女警，她识相地替他翻译。

“麦先生，他是律师，我们好不容易才联络到一间娱乐公司，说是请你来是出席典礼的，这位律师是代表娱乐公司来保释你的，手续已替你办妥，你可以跟他走了。”

麦超当然想走，但心想为何这律师不早几小时来。

他随律师走出警署外，本来满街是人的明洞此时已变得冷清，一辆名贵房车在外正等候着他。

律师替他拉开车门，麦超坐了进去，才发觉自己仍穿着内裤，他的裤子早已被扯破，留在了街上。

他想了一下，看着律师，指一指自己下身，又再指一指对方的裤子。

律师面有难色，麦超立即抱拳作哀求状，律师最后心软下来。

房车开走，警署外只留下穿着内裤的律师，双腿在寒风中颤抖。他的确是个尽责的律师。

麦超在房车上，车内有一个小小的酒吧，他从里面拿出了一瓶三十年的威士忌，在水晶杯内倒了满满一杯，喝了一大口。

他没问司机会载他到什么地方，反正他不懂韩语，不能问，也听不懂答案。

房车经过他不认识的地区，在高耸的玻璃大厦外，他一次又一次见到那些女孩做代言人的广告。

他相信她们真的很红，正如当日所说，他到什么地方都会看见她们，虽然他不再拥有这几个女孩。

这刻的满足感，大概只有孙姐能明白。

他高举手中的酒杯，为那七个女孩干杯。

来到国立剧场，所有人都走了，剩下那一条长长的红地毯一直铺到远远的剧场入口。

房车停下，车门打开，麦超脚踏在红地毯上面。

他独自在冷清的红地毯上行走，心中知道一切早已结束了。他可以想象几小时前，这里曾经出现过的盛况。

最好的都不属于他，他已接受，过去几年他就是这样过的。

他慢慢地走着，与剧场大楼越来越近，竟见到楼梯顶上似乎有几个人影。

他不敢相信自己的眼睛，一步一步地走向前走，想看清楚。

七个女孩一如当日他第一次在模特儿公司见到时的位置排开站着，连姿势也一样，各个都带笑望着他，孙姐则站在她们旁边。

“应该来的，终于来了。”她与女孩们，一定会等他，等到每个宾客走光也会继续等。

麦超再见她们，恍如隔世，他倾尽家财，只为了等她们成功，终于等到，亲眼看到。

七个女孩逐一在楼梯跳下来，与麦超相拥，到最后孙姐才上前拥抱。

没有音乐，女孩们高声清唱她们的第一首歌，《为我们喝彩》。

对面的男孩　看一看过来　目瞪口呆

燃烧的热带　汗水的澎湃　辣妹年代

舞姿的合拍　青春的穿戴　摇摇摆摆

我们的世界　我们的未来　拭目以待

看着狂欢的女孩们，麦超忽然想起一个问题。

为什么在他收债把公司收回来时，她们没有离开？那些所谓合约根本没有任何约束性，后来她们也可以偷着走掉的，为什么要留下来？

他这才明白，是这七个女孩选择了他，在他还没决定捧红她们之前。

她们早已相信了他，是这份不知从何而来的，完全不合理的信任造就了他这个经纪人，造就了他的牺牲，也造就了她们自己。

对，一切来自无法解释的信任。